De Cock en de dartele weduwe

A.C. Baantjer

De Cock
en de dartele weduwe

De Fontein

ISBN 90 261 2209 8
NUR 332

Ontwerp omslag: Hans Gordijn
Foto omslag: © Hans Gordijn
Grafische verzorging: V3-Services, Baarn

1

Rechercheur De Cock van het aloude politiebureau aan de Amsterdamse Warmoesstraat stapte op het drukke Stationsplein wat verkreukeld uit een gammele en overvolle tram van het Gemeentelijk Vervoerbedrijf. Voorzichtig voelde hij of al zijn ledematen de rit hadden overleefd en of zijn in het gedrang geplette longen nog in staat waren om normaal te functioneren. Toen die lichamelijke inspectie tot tevredenheid was voltooid, sjokte hij te midden van een stroom reizigers naar het brede trottoir van het Damrak.

Een bleek, vriendelijk zonnetje meldde schuchter en wat omfloerst dat ondanks dagen van felle sneeuwbuien en lange files, de lente toch echt in aantocht was.

De zonnewarmte deed de oude rechercheur goed. Hij knoopte zijn regenjas wat losser en zag verlangend uit naar de dag dat hij zou worden verlost van het dikke zelfgebreide vest dat zijn vrouw hem dwong te dragen zolang er nog een 'r' in de maand was.

Bij de Oudebrugsteeg stak hij in een pover sprintje voor een aanstormende tram van lijn 9 de rijbaan van het Damrak over. Een hem bekend hoertje, op de hoek van de Beurs van Berlage, verborg een schaterlach achter haar hand. Begrijpelijk. De Cock in draf was een koddig gezicht. Toen de oude rechercheur de vrouw hijgend passeerde schonk hij haar een milde glimlach en lichtte als groet beleefd zijn hoedje.

In de smalle Warmoesstraat voor de diep uitgesleten blauwstenen stoep van het politiebureau bleef hij even mijmerend staan. Het was een vreemde gewoonte van hem. Ondanks de tientallen jaren die hij aan dat bureau al dienstdeed, overviel hem op onverklaarbare wijze nog steeds een lichte aarzeling om naar binnen te gaan. Er waren dagen dat hem een zoete lust bekroop om zich om te draaien, om dat vreemde, bijna magische politiebureau voorgoed de rug toe te keren. Hij had aan die stille ver-

lokking tot nu toe steeds voldoende weerstand kunnen bieden. Maar hoe lang nog?
In de hal merkte Jan Rozenbrand hem niet op. De wachtcommandant achter de balie had het te druk om met handen en voeten aan een groepje buitenlanders uit te leggen hoe zij het Rijksmuseum konden vinden waar ze de beroemde Nachtwacht konden bewonderen.
Eenmaal binnen besteeg De Cock opmerkelijk kwiek de stenen trappen naar de tweede etage. Toen hij de grote recherchekamer binnenstapte, zwiepte hij zijn oude hoedje missend naar de kapstok. Hij raapte zijn trouwe hoofddeksel van de vloer en trok zijn regenjas uit. Met een grijns op zijn gezicht slofte hij naar zijn bureau en keek toe hoe Vledder zijn snelle vingers over het toetsenbord van zijn computer liet dartelen. Het was een lust voor het oog.
Zijn jonge assistent liet zijn vingers even rusten en keek op.
'Je bent laat.' Het klonk bestraffend.
De Cock knikte gedwee.
'Inderdaad.'
'Op normale werkdagen,' sprak de jonge rechercheur streng, waarbij hij een wuivend gebaar maakte, 'beginnen we hier om negen uur.'
'Ik heb altijd gedacht,' antwoordde De Cock lachend, 'dat het minstens een halfuurtje later was.'
Vledder reageerde niet. Hij trok een lade van zijn bureau open, nam daaruit een ansichtkaart en wierp die De Cock toe.
'Is aan jou gericht.'
De oude rechercheur pakte de ansichtkaart op en bezag een schitterde kleurenfoto van de imposante Sint-Pieterskerk in Rome. Hij draaide de kaart om. Hij was inderdaad aan hem gericht. Hij las hardop: 'Prachtig weer hier in Rome. Veel liefs, Maria van Overloon.'
Vledder wees voor zich uit.
'Kijk maar op het poststempel. Die kaart is twee dagen geleden in Rome gepost. Het lijkt mij zinvol om direct de politie in Rome in te schakelen. Misschien verblijft zij daar ergens in een hotelletje of een appartementje. Ze moet vrij gemakkelijk te lokaliseren zijn.'

De Cock schudde zijn hoofd.
'Daar voel ik niets voor.'
Vledder keek hevig verbaasd.
'Die... eh, die vrouw,' sprak hij boos en hakkelend, 'die Maria van Overloon heeft drie moorden op haar geweten... drie koelbloedige moorden, met overleg gepleegd*. Wil je dat ze daarmee wegkomt?'
De Cock glimlachte.
'Ik wil niet dat Peter Karstens mij met een oude truc opnieuw een loer draait.'
'Truc?'
'Ik leg het je uit,' zei De Cock. 'Je laat iemand in Rome een kaart posten terwijl je zelf bijvoorbeeld ergens in het Zwarte Woud verblijft. Handige Henkie heeft mij zo in een ver verleden een paar maal in de maling genomen. Ik ontving van hem in die tijd bijna dagelijks een ansichtkaart van het Gardameer in Italië met de vriendelijke groeten, terwijl ik hier in Amsterdam geconfronteerd werd met een serie inbraken die duidelijk zijn signatuur droegen.'
'En?'
De Cock plukte aan het puntje van zijn neus.
'Tot ik erachter kwam,' sprak hij gniffelend, 'dat Handige Henkie die ansichtkaarten door een ver familielid in Italië liet posten.'
Vledder lachte.
'Jij dacht dat Handige Henkie in Italië aan het Gardameer met vakantie was en dus die bewuste inbraken niet kon hebben gepleegd?'
'Een truc,' sprak De Cock smalend. 'Maria van Overloon is een intelligente vrouw. Ze zal mij beslist geen bewuste aanwijzing geven naar haar huidige verblijfplaats. Ik denk dat Peter Karstens in zijn kist zou liggen te schateren van de lach als ik op basis van die ansichtkaart van zijn vriendin de politie in Rome in gang had gezet.'
Hij zweeg even.

* Zie: *De Cock en de dood van een kunstenaar.*

'Als ik wijlen mijn vriend Peter Karstens goed inschat,' ging hij verder, 'dan kunnen we in de nabije toekomst nog meer van dergelijke ansichtkaarten verwachten.'
Vledder strekte zijn rechterhand in een vragend gebaar naar hem uit.
'Zal ik die kaart voor je bewaren? Wie weet valt er nog ergens een lijn in te ontdek...'
De jonge rechercheur stokte. Er werd op de deur van de grote recherchekamer geklopt. Vledder riep: 'Binnen!'
Het klonk niet vriendelijk.
De deur ging open en in de deuropening verscheen de gestalte van een knappe jonge vrouw. De ademhaling van De Cock weigerde even. Ze was mooi, vond hij, uitzonderlijk mooi. Ze was, zo stelde hij gretig vast, van een opwindende schoonheid. Hij schatte haar op begin dertig. Misschien iets jonger.
Op modieuze schoenen met een klein hakje schreed ze statig op de rechercheurs toe. De Cock bleef haar met halfopen mond al zijn aandacht schenken. Ze droeg naar zijn gevoel een te frivool hoedje op haar lange, glanzend golvende kastanjebruine haar. Verder was ze onberispelijk gekleed. Alleen vond de oude rechercheur, op basis van zijn puriteinse ziel, de rok van haar mantelpakje van ruige rode tweed iets te kort.
Bij het bureau van de grijze speurder bleef ze staan en boog zich iets naar voren.
'U... eh, u bent rechercheur De Cock?' Ze nam een kleine pauze. 'Met... eh, ceeooceekaa?'
De oude rechercheur knikte met een zuur gezicht. Hij vond het nooit prettig wanneer anderen hem met zijn hebbelijkheid plaagden.
'Om u te dienen,' sprak hij vormelijk.
Ze nam ongevraagd plaats op de stoel naast zijn bureau. Met precieze bewegingen plukte ze haar handschoenen van haar vingers en trok daarna haar rode rok iets dichter naar haar knieën.
'Vrienden en vriendinnen van mij, die u bewonderen, hebben mij aangeraden om juist bij u aangifte te doen. Dan was ik er zeker van, zo zeiden zij, dat er aandacht aan de zaak zou worden besteed.'

De Cock negeerde de lof.
'Waar wilt u aangifte van doen?'
'Stalking.'
'Stalking?' De Cock herhaalde het woord en trok zijn neus iets op.
'Ik word geplaagd door een stalker,' zei de jonge vrouw beslist. 'Een man die mij bijna onafgebroken bespiedt, mij achtervolgt, waar ik ook ga, en mij voortdurend telefonisch lastigvalt. Het is om wanhopig van te worden.'
De Cock wuifde in haar richting.
'Kan uw man u niet tegen die stalker beschermen?'
Ze schudde haar hoofd.
'Ik heb geen man. Ik ben weduwe. Mijn man is een jaar geleden overleden.'
De Cock glimlachte.
'Een treurende weduwe.'
Ze schudde resoluut haar hoofd.
'Ik heb om zijn dood geen traan gelaten. Om het u eerlijk te zeggen... het kwam mij wel goed uit.'
De Cock fronste zijn wenkbrauwen.
'Het... eh, het kwam u wel goed uit?' vroeg hij niet-begrijpend.
Ze knikte.
'Ik keek er echt al een tijdje verlangend naar uit dat hij door Onze-Lieve-Heer uit dit aardse tranendal zou worden getild.'
De Cock keek haar schuins aan.
'Uw uitlatingen,' sprak hij rustig, 'schreeuwen om een nadere uitleg.'
'Dat begrijp ik.'
Ze stak de oude rechercheur formeel haar rechterhand toe. 'Laat ik mij eerst aan u voorstellen,' sprak ze vriendelijk. 'Mijn naam is Charlotte... Charlotte van Hoogendoorn. Dat is mijn meisjesnaam en die gebruik ik weer sinds de dood van mijn echtgenoot... een man die ruim vierenveertig jaar ouder was dan ik.'
De Cock keek haar verrast aan.
'Víérenvéértig jaar,' reageerde hij gespeeld verbijsterd.
Charlotte van Hoogendoorn toonde hem een beminnelijke glimlach.

'Ja, vierenveertig jaar ouder. Mijn bejaarde echtgenoot Karel van Velzen was een charmante man. Hij zei dat hij van mij hield en hij was niet onvermogend.'
'En dat gaf de doorslag?'
Charlotte keek even naar De Cock op.
'Uw botte vraag getuigt niet van veel tact,' sprak ze waardig. 'Maar ik begrijp dat u zo reageert. Zeker. U hebt gelijk. Dat laatste gaf de doorslag.'
De Cock glimlachte.
'U bent dus geen treurende maar een rijke weduwe?'
Het gezicht van Charlotte versomberde.
'Rijk?' Er gleed een droeve glimlach om haar lippen. 'Ik heb een ondeugd. Ik word onweerstaanbaar aangelokt door het casino.'
'Een ondeugd... gokverslaafd?'
Charlotte trok haar schouders op.
'Wat is een vrouw zonder ondeugd?'
De Cock plooide zijn lippen in een tuitje.
'Een vrouw zonder ondeugd? Voor mij een trouwe, lieve, onbaatzuchtige echtgenote.'
'Saai.'
De Cock schudde zijn hoofd.
'Al meer dan dertig jaar,' sprak hij vrolijk, 'ben ik met zo'n saaie, maar o zo lieve, trouwe en onbaatzuchtige vrouw getrouwd en er is nog geen sleets plekje in ons huwelijk te bekennen.'
Charlotte zuchtte omstandig.
'Ik ben aan een nieuwe verovering toe.'
De Cock keek haar vaderlijk aan.
'Een charmante oudere heer, vol adoratie en liefst niet onvermogend?'
Charlotte grijnsde.
'Geraden.'
'Al iets op het oog?'
Over het gezicht van de jonge weduwe gleed een smartelijke trek.
'Vandaar mijn aangifte tegen die stalker.'
De Cock trok een denkrimpel in zijn voorhoofd.
'Dat begrijp ik niet.'

Charlotte van Hoogendoorn zuchtte en rechtte haar rug.
'Ik heb enige tijd een verhouding gehad met Boris van der Putten. Toen ik hem leerde kennen droeg hij dure maatkostuums, reed in een glanzende Ferrari en deed zich voor als een man die wel iets te verteren had.' Ze gleed met haar vingers door haar glanzende kastanjebruine haren.
'Het was allemaal show... show van een ijdeltuit, een dandy, een snob. Vriendinnen waarschuwden me dat zijn bankrekening niets voorstelt.'
De Cock sloeg zijn handen ineen.
'Toen verdween uw belangstelling voor Boris,' sprak hij spottend, 'snel als sneeuw voor de zon.'
Charlotte schudde haar hoofd.
'Het was niet alleen zijn financieel onvermogen of zijn lege bankrekening. Hij bleek ook als man een onuitstaanbare kwast. Toen ik de verhouding verbrak, accepteerde hij dat niet. Het idee dat ik hem zonder meer terzijde schoof, was voor hem onverteerbaar.'
'Toen begon het stalken?'
Charlotte reageerde ongewoon fel.
'Precies. Toen begon het gelazer. Overal dook hij op. Bovendien bleek hij ziekelijk jaloers. Wanneer een andere man in mijn nabijheid was, ging hij hem te lijf. Ik heb helse taferelen met die vent meegemaakt. Om me te beschermen heb ik me een paar maal door een amateur-bokser laten begeleiden. Ook die man viel hij lastig. Maar de volgende morgen stond Boris met twee blauwe ogen en een gezwollen kaak weer voor mijn huisdeur.'
De Cock grinnikte.
'Boris van der Putten mag dan geen behoorlijke bankrekening hebben, hij is wel een doordouwer.'
Charlotte leunde iets achterover.
'Rechercheur De Cock,' sprak ze gedragen, 'u moet mijn aangifte wel ernstig nemen. Volgens mij vormt die Boris van der Putten een gevaar... niet alleen voor mij, maar ook voor Charles de Rusconie.'
De Cock keek haar vragend aan.
'Wie is Charles de Rusconie?'

Charlottes gezicht ontspande en haar ogen kregen een guitige blik.
'Een lieve, aardige, charmante oudere man, die zich tot nu toe zo diep in het zakendoen heeft ondergedompeld, dat hij geen oog en tijd had voor vrouwen en daarom maar vrijgezel is gebleven.'
De Cock schoof zijn onderlip iets naar voren.
'Niet onbemiddeld?' Hij maakte een afwerend gebaar. 'En dat bedoel ik niet sarcastisch.'
Charlotte van Hoogendoorn schudde haar hoofd.
'Charles drijft een groothandel in vrijetijdsartikelen. Van compleet ingerichte campers, caravans en tenten tot badpakken, ligstoelen en kinderbadjes. Zo gek kun je het niet bedenken of Charles kan het leveren.'
'En die Charles de Rusconie loopt gevaar?'
'Boris van der Putten is erachter gekomen dat Charles en ik belangstelling voor elkaar hebben. En dan druk ik mij bescheiden uit. We hebben al een paar maal samen in een landelijk hotel de nacht doorgebracht.'
'Dat weet Boris van der Putten?'
'Ja.'
'Hoe?'
Charlotte grinnikte vreugdeloos.
'Ik heb het hem niet verteld. Uiteraard niet. Ik denk dat hij ons op een avond is gevolgd. Een dag na mijn rendez-vous met Charles belde hij mij op. Hij zei dat hij goed was geïnformeerd en raadde mij met klem aan om mijn verhouding met Charles de Rusconie onmiddellijk te beëindigden... zo niet... zei hij... dan vermoord ik hem.'
Ze keek met een bleek, strak gezicht naar De Cock.
'Dit is geen loze kreet of een vaag dreigement. Na alles wat ik met die man heb meegemaakt, zeg ik u: Boris van der Putten is tot een moord in staat.'

2

Nadat Charlotte van Hoogendoorn licht heupwiegend en door De Cock met volle bewondering nagestaard, de grote recherchekamer had verlaten, bekeek Vledder de twee portretten die de jonge vrouw ten behoeve van het rechercheonderzoek bij hem had achtergelaten.
Hij hield de foto's omhoog.
'Ze heeft,' zo meldde hij, 'op de achterkant van de foto's de naam van de betrokken heren genoteerd. Bij Charles de Rusconie, haar nieuwe verovering, heeft ze het adres vergeten.'
De Cock trok zijn schouders op.
'Dat is geen ramp. Dat adres is wel te achterhalen. Heb je genoteerd waar zij zelf woont?'
Vledder knikte.
'Brouwersgracht 1140. Dat is in een van die tot appartementen omgebouwde oude pakhuizen. Ik herinner me dat we er samen wel eens op bezoek zijn geweest voor een of andere affaire.'
De jonge rechercheur legde de foto's voor zich op zijn bureau en bekeek ze aandachtig. Met een uitdrukking van afgrijzen tikte hij met zijn wijsvinger op een van de foto's.
'Dat smoel van die Boris van der Putten,' gromde hij, 'staat mij niet aan. Wat een kop. Om op te schieten. Hij is duidelijk het type van een patjepeeër, een gluiperd. Volgens mij is het een pure patser. Het straalt van zijn gezicht.'
De Cock lachte.
'Dat is een snelle karakterschets,' sprak hij spottend. 'Heel knap. Zomaar uit de losse pols vanaf een simpele foto een haarscherpe analyse.'
Vledder slingerde het portret naar hem toe.
'Kijk zelf,' snauwde hij. 'Alleen al op zijn gezicht geef je die vent twee jaar lik*.'

* Bargoens voor gevangenisstraf.

'Ik ben blij,' sprak De Cock hoofdschuddend, 'dat onze heren rechters voor twee jaar lik een deugdelijker bewijsvoering van ons vorderen.'
De oude rechercheur bezag de foto aandachtig.
'Maar je hebt gelijk,' formuleerde hij voorzichtig, 'ik zou hem zeker niet als vriend inlijven.'
Hij keek vragend naar Vledder.
'En die andere?'
'Charles de Rusconie?
De Cock trok een denkrimpel in zijn voorhoofd.
'Waarom heeft ze jou een foto van haar nieuwe verovering gegeven?'
Vledder haalde zijn schouders op.
'Ik denk dat zij ervan overtuigd is dat Boris van der Putten zijn bedreiging zal uitvoeren.'
De Cock knikte begrijpend.
'En dan kunnen wij het slachtoffer aan de hand van die foto identificeren.'
'Precies.'
De Cock wuifde in de richting van Vledder.
'Geef weer eens een karakterschets?'
Vledder schoof de foto iets dichter naar zich toe.
'Een goedgeconserveerde zestiger,' concludeerde hij aarzelend. 'Net in het pak, met een keurige stropdas. Een glanzend kaal hoofd en een bolrond gezicht.' De jonge rechercheur weifelde even. 'Toch heeft de man wel een vriendelijke uitstraling. Ik zou zeggen... het type van een lieve, kinderlijk blije, goeddoorvoede opa.'
De Cock kon een lach niet onderdrukken.
'Het nieuwe speeltje,' sprak hij grinnikend, 'van Charlotte van Hoogendoorn.'
Vledder keek zijn leermeester onderzoekend aan.
'Tijdens jouw onderhoud met haar,' sprak hij nadenkend, 'miste ik iets bij jou.'
'Wat?'
'Je hebt alleen enkele spottende opmerkingen gemaakt over de financiële middelen waarover de oudere mannen dienen te

beschikken. Maar verder beluisterde ik geen enkele kreet van kritiek.'
'Waarop?'
Vledder gebaarde voor zich uit.
'Vind jij die Charlotte van Hoogendoorn niet zedenkwetsend, immoreel?'
De Cock reageerde verrast.
'Waarom?'
'Ze geeft in feite niets om die oudere mannen die zij met haar charmes verovert. Het is haar alleen om hun geld te doen.'
'En?'
Vledder snoof.
'Ik... eh, ik had gedacht,' sprak hij weifelend, 'dat jij met jouw doorgaans puriteinse instelling op z'n minst een hele reeks ethische en moralistische bezwaren tegen haar gedrag zou aanvoeren.'
De Cock schudde zijn hoofd.
'Als de charmante Charlotte van Hoogendoorn met haar jeugdig elan rijke oudere mannen nog een paar gelukkig jaren bezorgt, dan heb ik daar niets op tegen.'
Vledder keek zijn leermeester niet-begrijpend aan.
'Jij vindt dat niet verwerpelijk?'
De Cock schudde zijn hoofd.
'Ik zou pas tegen de mooie Charlotte in opstand komen als zij uit hebzucht het leven van die oudere mannen wat sneller deed beëindigden.'
Vledder hield zijn hoofd iets scheef.
'Je bedoelt?'
'Vul zelf maar in,' zei De Cock terwijl hij Vledder schuins aankeek. 'Vergiftiging, verwurging, doodslag, moord. Er zijn zoveel mogelijkheden om iemand om zeep te helpen.'
De mond van Vledder viel halfopen.
'Zou Charlotte...'
Hij maakte zijn zin niet af.
De Cock lachte.
'Het is maar een suggestie, meer niet. Maar het zou kunnen. Ik laat mijn ambtelijke achterdocht door haar fraaie lijnen en

mooie smoeltje niet verdringen. Hoe... eh, hoe heette haar laatste man?'
'Karel van Velzen.'
'Trek bij de burgerlijke stand eens na of hij een natuurlijke dood is gestorven.'
Vledder keek De Cock geschrokken aan.
'Dat meen je?'
'Absoluut.'
Vledder reageerde wat verward.
'Ik heb geen moment aan die mogelijkheid gedacht!'
De Cock grinnikte.
'Ik ben een oude rot in het vak. Gepokt en gemazeld in de misdaad.'
De oude rechercheur zweeg enige seconden.
'Welke daad van wanhoop,' stelde hij toen ter discussie, 'blijft er voor een mooie jonge vrouw over, wanneer haar jaren verglijden en haar jeugdige schoonheid verlept, terwijl zo'n oude rijke man die zij om zijn geld heeft getrouwd, almaar blijft leven?'
Vledder staarde de grijze speurder lang aan.
'De Cock,' verzuchtte hij, 'soms openbaart jouw ziel trekken van de duivel.' Hij wachtte de reactie van de oude rechercheur niet af.
'Wat doen we met de aangifte van Charlotte terzake stalking?'
De Cock wees naar de computer op het bureau van zijn jonge collega.
'Die aangifte zet jij netjes op papier. Daarna laat je die aangifte door haar ondertekenen. Dan gaan we samen op zoek naar getuigen die het aanhoudend stalken door Boris van der Putten kunnen bevestigen.'
'Is een uitgebreide verklaring van haar niet genoeg?'
De Cock schudde zijn hoofd. Hij wees naar de foto van Boris van der Putten op zijn bureau.
'Als ik ambtelijk iets tegen die vent onderneem,' antwoordde hij fel, 'dan wil ik dat goed doen. Niet dat later een of andere handige en goedbetaalde advocaat mij tijdens de terechtzitting in mijn hemd zet. Sapiens nihil affirmat quod non probet.'
Vledder grijnsde.
'Latijnse wijsheid?'

'In redelijk Nederlands,' sprak De Cock gedragen, 'luidt deze kreet: een verstandig man beweert niets wat hij niet kan bewijzen. En dat geldt zeker voor een rechercheur.'
Hij pakte de foto van Boris van der Putten en draaide die om. 'Bernard Zweerskade 1310,' las hij hardop. Hij strekte zijn wijsvinger naar Vledder uit. 'Stuur hem een ontbieding voor morgenavond om acht uur. Ik verhoor hem liever hier in de Warmoesstraat dan thuis in zijn eigen omgeving.'
'Wat zet ik als reden voor die uitnodiging?'
De Cock schudde zijn hoofd
'Het is bij de recherche niet gebruikelijk dat men daarvoor de ware reden opgeeft. Achter het woord onderwerp schrijf je gewoon: hetgeen u zal worden medegedeeld.'
'Dat helpt?'
'Absoluut. De ontvanger is toch nieuwsgierig,' zei De Cock. 'Ik heb vroeger nooit anders gedaan. En met succes.'
De telefoon op het bureau van De Cock rinkelde. Vledder boog zich ver naar voren, nam de hoorn op en luisterde.
De oude rechercheur observeerde het gezicht van zijn jonge collega. Hij zag hoe zijn jeugdige trekken verstarden. Zonder iets te zeggen legde Vledder met een bleek gezicht de hoorn op het toestel terug.
De Cock keek hem vragend aan.
'Wie was dat?'
'De wachtcommandant.'
'En?'
'Naar aanleiding van een binnengekomen melding heeft Jan Rozenbrand een surveillancewagen naar het pand Prinsengracht 1760 gestuurd. Hij vraagt of wij willen volgen.'
De Cock fronste zijn wenkbrauwen.
'Wat was dat voor een melding?'
'Moord.'

Met een verbeten gezicht, dat soms rood aanliep, ranselde Vledder de oude Golf door het drukke stadsverkeer. Zo nu en dan schold hij op automobilisten die naar zijn mening niet optimaal gebruikmaakten van de mogelijkheden die de weg hun bood.

De Cock keek hem van terzijde aan.
'Het was toch moord?' vroeg hij lijzig.
Vledder knikte.
'Dat zei de wachtcommandant.'
De Cock schudde zijn hoofd.
'Dan is er dus sprake van een dood slachtoffer.'
Vledder blikte even opzij.
'Uiteraard.'
'Die breng jij niet meer tot leven,' gniffelde De Cock. 'Zelfs niet wanneer je vijf minuten eerder ter plaatse bent.'
De jonge rechercheur begreep de hint. Hij zuchtte diep, liet de spanning uit zijn aderen ontsnappen en reed wat rustiger. Ook de verbeten trek verdween van zijn gezicht. Hij keek opzij naar De Cock.
'Het adres komt mij zo bekend voor. Kennen wij het pand Prinsengracht 1760 niet?'
De oude rechercheur schudde zijn hoofd.
'Het zegt mij nog niets. Maar aan de grachtengordel van onze stad hebben we in de loop der jaren al zoveel lijken aangetroffen, dat het mij niet zou verbazen als wij er al eens eerder waren geweest.'
Na een verder rustige rit bereikten de rechercheurs de Prinsengracht. Nabij perceel 1760 parkeerde Vledder hun oude Golf pal achter een splinternieuwe surveillancewagen van de politie. Ze stapten uit. Bij de surveillancewagen stond een jonge agent. De Cock liep naar hem toe.
'Heb je de meute al voor ons gewaarschuwd?'
'Via de wachtcommandant,' antwoordde de agent.
De Cock keek om zich heen.
'Waar is je collega?'
De jonge agent wees naar het bordes van het grachtenhuis.
'Boven, bij het lijk. Die lange kan er goed tegen. Ik niet. Ik blijf liever bij de wagen. Ik ben niet zo erg gecharmeerd van lijken.'
De Cock glimlachte.
'Ik ook niet,' reageerde hij vrolijk. 'Maar ik kom ze tot mijn spijt toch telkens weer tegen. Wie heeft die moord hier ontdekt?'

De jonge diender wees omhoog.
'Toen we hier aankwamen stond boven op het bordes een keurig geklede heer. Hij zei dat hij in het pand een dode man had aangetroffen, kennelijk vermoord en met iets in zijn rug. Hij zei dat hij de politie had gewaarschuwd.'
'Waar is die man?'
'Weg.'
De Cock keek de politieman vragend aan.
'Weg?'
'Ja.'
'Waarheen?'
De jonge agent maakte een vaag gebaar.
'De man zei dat hij een belangrijke afspraak had en dat hij beslist niet langer kon wachten. Toen heb ik zijn naam en adres genoteerd en dit gecontroleerd aan de hand van zijn rijbewijs.'
De Cock schoof zijn onderlip iets naar voren.
'Ik had hem toch maar even voor mij vastgehouden.'
De diender krabde onder zijn pet.
'Ik kon zo gauw geen wetsartikel bedenken waarvoor ik hem kon arresteren.'
De Cock grinnikte.
'Je bent braaf. Geef de naam en het adres van de man maar aan mijn collega.'
De Cock besteeg hijgend het bordes. Om op adem te komen bekeek hij de half openstaande groengelakte toegangsdeur zeer zorgvuldig en ging toen naar binnen. Via de hal bereikte hij een lange, roodgeaderd marmeren gang met wulpse engeltjes aan het plafond. Links, ongeveer in het midden van de gang, stond bij een open deur een lange diender.
De Cock liep op hem toe.
'Ligt hij hier?'
De lange agent van politie schudde zijn hoofd.
'Hij ligt niet. Hij zit. In een leren fauteuil. Voorovergebogen, met een vreemd wapen in zijn rug. Mijn collega heeft de meute al voor u gewaarschuwd.'
De Cock ging aan de lange man voorbij en liep twee stappen de kamer in.

De gesloten gordijnen lieten het daglicht slechts diffuus toe. De oude rechercheur draaide zich om en gebaarde naar de diender bij de deur.
'Schuif de gordijnen eens open. Ik heb geen zaklantaarn bij me. Ik ben bang dat ik in het donker ergens op trap.'
Toen het daglicht binnenviel werden de contouren in het vertrek zichtbaar. In het midden van de kamer stonden vier donkere lederen fauteuils om een grote ronde tafel. In een van de fauteuils hing, ver voorovergebogen, met zijn hoofd haast tussen zijn knieën, het lichaam van een man. Hoog in zijn rug, een paar centimeter naast de wervelkolom, stak een vreemdsoortig wapen. Het was geen mes, geen stiletto en ook geen ponjaard. De oude rechercheur had tijdens zijn lange carrière nog nooit zo'n vreemd steekwapen gezien.
Terwijl De Cock de situatie nog onderzocht, liep Vledder met vlotte passen voorbij de lange diender het vertrek binnen en ging naast de grijze speurder staan. De jonge rechercheur duimde over zijn schouder.
'Aan de deuren van het souterrain en op het bordes,' rapporteerde hij, 'zijn geen sporen van braak te vinden. Ook de ramen beneden zijn nog gaaf. En weet je wat ik zo vreemd vind?'
'Nou?'
'Er ontbreekt een naamplaat buiten naast de deur.'
De Cock glimlachte.
'Misschien woonde de man hier clandestien.'
Vledder wees naar de dode in de fauteuil.
'Kunnen we zijn gezicht niet zien?'
De Cock stak zijn rechterhand tussen de knieën van de man en drukte tegen de kin van de man waardoor diens gezicht iets omhoogkwam.
Vledder hijgde in de nek van zijn oude collega.
'Het is... eh, het is,' stamelde hij, 'Charles de Rusconie.'
De Cock knikte.
'De nieuwe verovering van Charlotte van Hoogendoorn.'

3

Bram van Wielingen kwam met dreunende stappen het vertrek binnen. Hij legde zijn aluminium koffertje in een van de donkere lederen fauteuils en liep met een vrolijke lach om zijn mond op De Cock toe.
'Weet je hoe laat het is?'
De oude rechercheur trok de mouw van zijn regenjas iets omhoog en keek op zijn horloge.
'Half één.'
Bram van Wielingen keek hem stralend aan.
'Midden op de dag,' jubelde hij vrolijk. 'Geen geknoei in de nacht. Dit is een christelijk tijdstip om een politiefotograaf te laten opdraven.'
De Cock grijnsde.
'Wanneer is bij jou het "christelijke" uit de tijdstippen verdwenen?'
Van Wielingen wees naar zijn aluminium koffertje.
'Wanneer ik 's avonds in mijn bed stap, dan schuif ik dat koffertje onder mijn ledikant. Vanaf dat moment tot de volgende morgen bij het opstaan... dat zijn voor mij "onchristelijke" tijden.'
De Cock snoof.
'Ik denk niet,' sprak hij ernstig, 'dat Onze-Lieve-Heer zich iets van jouw dagindeling aantrekt. Zijn hemel sluit nooit, die is dag en nacht open.'
Van Wielingen keek De Cock aan, maar gaf verder geen commentaar. De fotograaf opende zijn koffertje, pakte daaruit zijn fraaie Hasselblad en monteerde een flitslicht. Hij liep naar het slachtoffer in de fauteuil, bleef daar even staan en draaide zich om.
'Wat heeft die vent in zijn rug zitten?'
De Cock trok zijn schouders op.
'Ik heb zo'n ding als steekwapen nog nooit eerder gezien. Het lijkt wel een metalen priem. Maak er in ieder geval een paar duidelijke close-ups van.'

Van Wielingen keek naar de kale, zacht glanzende kruin van het slachtoffer.
'Dat is ook geen jonkie meer.'
De Cock schudde zijn hoofd.
'Die loopt wel tegen zijn pensioen, schat ik.'
'Weet je al wie hij is?'
De Cock knikte.
'Ene Charles de Rusconie, en zover ik weet is hij hoofd van een omvangrijke onderneming.' Hij grinnikte. 'En sinds kort op vrijersvoeten.'
Bram van Wielingen lachte.
'Sinds kort op wat?'
'Vrijersvoeten. Hij had voor zijn dood belangstelling voor een bijzonder fraai gevormde jonge vrouw.'
'Een gezond teken.'
'En die bijzonder fraai gevormde vrouw,' vervolgde De Cock, 'had een intense belangstelling voor hem. Zie je, Charles de Rusconie was niet onbemiddeld.'
Van Wielingen hield zijn camera omhoog.
'Dat komt toch prachtig uit,' riep hij lachend. Toen richtte hij zijn aandacht weer op de dode in de fauteuil. 'En dit is dan het einde van het sprookje.' Hij liep om het slachtoffer heen. 'Ik wil ook zijn kop wel zien.'
De Cock schraapte zijn keel.
'Maak eerst maar een paar plaatjes van de situatie zoals wij hem hebben aangetroffen, met dat ding in zijn rug en zijn neus tussen zijn knieën. Dan til ik straks voor jou zijn hoofd iets omhoog zodat jij een plaatje van zijn gezicht kan schieten.' De oude rechercheur grinnikte. 'En dat is van mij een vriendendienst.'
'Hoezo... vriendendienst?'
'Anders moet je wachten tot dokter Rusteloos zijn sectie morgen heeft voltooid.'
Van Wielingen keek de oude speurder verward aan.
'Kan dat niet eerder?'
De Cock schudde zijn hoofd.
'Het slachtoffer wordt straks liggend op zijn buik vervoerd, met het wapen nog in zijn rug. We mogen van dokter Rusteloos,

onze patholoog-anatoom, het wapen niet uit zijn rug trekken en in beslag nemen.'
'Waarom niet? Die dode vent voelt toch niets meer.'
De Cock gebaarde naar het slachtoffer in de fauteuil.
'Dokter Rusteloos heeft ons inzake steekwapens jaren geleden strenge instructies gegeven. Met het wapen nog in het lichaam van het slachtoffer schijnt het voor hem makkelijker te zijn om vast te stellen wat voor schade het wapen inwendig heeft aangericht.'
Na een paar maal flitsen hield Bram van Wielingen zijn camera opnieuw even omhoog.
'Ik hoop oprecht,' sprak hij ernstig, 'dat je de dader van deze moord vindt.'
De Cock keek hem verwonderd aan.
'Ben jij gevoelsmatig bij deze moord betrokken?' vroeg hij ongelovig.
Van Wielingen gromde.
'Ik heb de pest aan mensen die opbloeiende sprookjes vernielen.'
De Cock schonk de fotograaf een milde grijns. Daarna draaide hij zich om. Bij de deuropening van het vertrek ontwaarde hij dokter Den Koninghe. Pal achter hem stonden twee geüniformeerde broeders van de Geneeskundige Dienst met hun onafscheidelijke brancard. Ze torenden hoog boven de kleine lijkschouwer uit.
De grijze speurder liep blij op de lijkschouwer toe en begroette hem hartelijk. De Cock had een zwak voor de excentrieke dokter met zijn ouderwetse grijze slobkousen onder een deftige streepjesbroek, zijn stemmig zwarte jacquet en zijn verfomfaaide groen uitgeslagen garibaldihoed.
'Hoe maakt u het?' vroeg hij bijna uitgelaten.
'Best. De jicht laat mij al een tijdje met rust.'
De Cock leidde dokter Den Koninghe naar de dode man in de fauteuil.
De dokter bezag de situatie in de kamer en keek toen naar de dode man.
'Het slachtoffer ligt er een beetje vreemd bij en het wapen is voor mij een onbekend voorwerp.'

De oude lijkschouwer wees naar De Cock en Vledder.
'Probeer eens of jullie hem aan de schouders iets omhoog kunnen trekken. Ik wil in zijn gezicht kijken.'
Het opbeuren van het bovenlijf van het slachtoffer ging feitelijk heel eenvoudig. Bram van Wielingen flitste snel even in het dode gezicht, waarna de dokter met duim en wijsvinger de wijd opengesperde ogen dichtdrukte. Hij voelde aan de kin van het slachtoffer en betastte eerst de ene en daarna de andere arm van de dode man.
Dokter Den Koninghe nam zijn garibaldihoed af, trok de pijpen van zijn streepjesbroek iets omhoog en knielde bij de voeten van het slachtoffer neer, waarna hij de onderbenen één voor één bewoog.
Al na luttele seconden kwam hij overeind. Zijn oude knieën kraakten.
Met precieze bewegingen nam hij zijn bril af, pakte zijn witzijden pochet uit het borstzakje van zijn jacquet en poetste de glazen.
De Cock kende de bewegingen. Het was een reeks gebaren om tijdwinst te boeken.
'Hij is dood,' sprak de dokter laconiek.
De oude rechercheur knikte met een strak gezicht.
'Dat begreep ik,' reageerde hij simpel.
Dokter Den Koninghe wees met zijn pochet naar de dode.
'Al enige dagen.'
'Enige dagen?' vroeg De Cock hooglijk verbaasd.
De kleine lijkschouwer knikte.
'De lijkstijfheid is vrijwel geheel verdwenen. En dat proces duurt toch twee à drie dagen.' Hij zette zijn bril weer op en plooide zijn pochet terug in het borstzakje van zijn jacquet.
'Inwendige verbloeding,' ging hij verder. 'De dader weet iets van anatomie of hij of zij heeft puur geluk gehad. Het valt niet mee om vanaf de rug precies tussen de ribben door het hart te raken.'
'En dat is gebeurd?'
'Vrijwel zeker.'
De lijkschouwer draaide zich abrupt om, wuifde ten afscheid en liep de kamer uit. De Cock keek de oude dokter na. Daarna

wendde hij zich tot de fotograaf, die zijn fraaie Hasselblad behoedzaam in zijn koffertje teruglegde.
'Ben je klaar?'
Van Wielingen keek op.
'Voor een dactyloscoop moet je maar contact opnemen met het hoofdbureau. Ze kampen bij die dienst nog steeds met een tekort aan personeel.' Hij tikte met zijn wijsvinger op het aluminium fotokoffertje.
'Deze plaatjes heb je morgen op je bureau.'
Hij nam het koffertje uit de fauteuil, wuifde met zijn vrije hand en liep weg door de marmeren gang van het statige grachtenpand.
De Cock wenkte de broeders van de Geneeskundige Dienst met hun brancard naderbij.
'Vervoer hem op zijn buik,' instrueerde hij. 'En laat dat wapen in zijn rug zitten, dat heeft dokter Rusteloos graag.'
De broeders knikten als een eeneiige tweeling. Ze tilden de dode uit zijn fauteuil en legde hem op de brancard. Gewoontegetrouw drapeerden zij een laken over de dode heen. Het uitstekende wapen met het laken erover gedrapeerd gaf een vreemd, bijna lachwekkend effect. Het leek op een sheltertje... een klein éénpersoonstentje.
De mond van De Cock zakte iets open. In zijn ogen lag een wazige blik.
'Ik weet het,' sprak hij wat afwezig. 'Ik weet wat dat vreemde wapen is.'
Vledder keek hem gespannen aan.
'Nou?'
'Een haring... een metalen tentharing om de scheertouwen van een tent mee vast te zetten.'

Nadat De Cock de dienders van de surveillancewagen voor hun diensten had bedankt, inspecteerde hij met Vledder grondig het gehele pand. Het leverde niets op waar ze wat aan hadden.
De Cock pakte het apparaatje van Handige Henkie en sloot daarmee de zware groengelakte buitendeur slotvast af.

Hij stapte naast Vledder in hun oude Golf en een tijd lang reden ze zwijgend tussen het immer drukke verkeer van Amsterdam. Het spitsuur duurde tegenwoordig van de vroege morgen tot de late avond, overdacht De Cock.
Vledder blikte even steels opzij. Om zijn lippen dartelde een zoete grijns.
'We hebben dit keer geluk.'
De Cock staakte zijn overpeinzingen en keek zijn jonge collega niet-begrijpend aan.
'Waarmee?'
Vledder lachte.
'We kenden de naam van de dader al voordat wij de moord ontdekten.'
De Cock kneep zijn ogen halfdicht.
'Je bedoelt Boris van der Putten?'
Vledder knikte nadrukkelijk.
'Het is duidelijk dat Boris van der Putten zijn dreigement, dat hij zijn rivaal Charles de Rusconie zou vermoorden, in een daad heeft omgezet.'
De Cock gaf geen commentaar.
'Zullen we,' vroeg Vledder na een korte stilte voorzichtig, 'nu direct doorrijden naar de Bernard Zweerskade?'
'Om wat te doen?' vroeg De Cock fronsend.
'Hem arresteren.'
'Waarvoor?'
Vledder blikte geprikkeld opzij.
'Moord,' riep hij luid. 'Natuurlijk! Moord! Er is toch geen twijfel mogelijk.'
'Dat... eh, dat weet je zeker?'
Vledder grinnikte vreugdeloos.
'Wat wil je nog meer?' vroeg hij. 'Het motief is duidelijk en zelfs de vereiste "voorbedachte rade" is te bewijzen. Sinds hij weet dat Charlotte een verhouding heeft met Charles de Rusconie loopt Van der Putten met moordplannen rond.'
De Cock schudde zijn hoofd.
'We gaan niet naar de Bernard Zweerskade,' sprak hij resoluut. 'We gaan terug naar de Kit.'

'Waarom?'
'Jij zet eerst de aangifte van Charlotte van Hoogendoorn terzake stalking op papier en morgenavond wachten wij de komst van Boris van der Putten af.'
Vledder nam even zijn handen van het stuur en stak ze omhoog.
'Waarom?' riep hij vertwijfeld. 'Waarom zouden wij met zijn arrestatie moeten wachten?'
De Cock zuchtte.
'Wees altijd voorzichtig met bedreigingen,' reageerde hij kalm. 'Gelukkig gaapt er een enorme kloof tussen woord en daad. Wanneer alle geuite bedreigingen, in deze stad alleen al, werkelijk tot moord zouden leiden, dan was het leed voor ons rechercheurs niet te overzien.' Hij zweeg even. 'Ik wil eerst,' ging hij verder, 'iets meer weten van die stalkende Boris van der Putten. Vraag hem straks eens op... burgerlijke staat en antecedenten.'
Mokkend reed Vledder de oude Golf naar de Kit.

Toen ze de hal van het politiebureau binnenstapten, wenkte Jan Rozenbrand vanachter de balie met een kromme vinger naar De Cock. De oude rechercheur liep grijnzend op hem toe.
'Ga je mij iets vrolijks vertellen?' vroeg hij met een licht sarcasme.
De wachtcommandant trok zijn schouders op.
'Ik heb hier voor de balie nog nooit iemand gehad,' gromde hij, 'die mij iets vrolijks kwam vertellen. Het is altijd doffe ellende.'
De Cock boog zich iets naar hem toe.
'Jan, ik luister.'
'Boven zit iemand op je te wachten.'
'Een man of een vrouw?'
'Een man... als heer verkleed. Hij vroeg of rechercheur De Cock de moord op de Prinsengracht behandelde. Toen ik dat bevestigde, zei hij kalm: "Dan ben ik aan het goede adres", en liep de trap op.'
De Cock lachte.
'Voor jou een makkelijke klant.'

Op de tweede etage, op de bank naast de toegangsdeur tot de grote recherchekamer, zat een man in een glanzend blauwe regenjas. De Cock schatte hem op achter in de dertig. Hij had zwart golvend haar, iets grijzend aan de slapen. Toen hij de oude rechercheur in het oog kreeg stond hij van de bank op en liep naar hem toe.
'Rechercheur De Cock?'
De grijze speurder maakte een lichte buiging.
'De Cock met... eh, ceeooceekaa,' reageerde hij vrijwel automatisch.
De man lachte ontwapenend. In zijn donkerbruine ogen danste een twinkeling.
'Ik heb mijn naam vanmorgen aan een jonge agent opgegeven. Hij was zo alert om naar een legitimatie te vragen. Ik heb hem toen mijn rijbewijs getoond.'
De Cock glimlachte.
'Dat was u?'
De man knikte.
'Mijn gedrag van deze ochtend vraagt, zo vind ik, wel enige opheldering.'
De Cock wees voor zich uit. Hij leidde de man de grote recherchekamer in. Daar wierp hij zijn oude hoedje succesvol naar de kapstok en liet de man op de stoel naast zijn bureau plaatsnemen. Met zijn regenjas nog aan ging De Cock achter zijn bureau zitten.
'U had vanmorgen geen tijd?' opende hij.
De man schudde zijn hoofd.
'Ik had om elf uur een belangrijke afspraak met de directeur van een productiemaatschappij... een bedrijf dat een bepaald type caravans fabriceert. Ik was van plan om een deal met die man te sluiten.'
'Dat ging niet door?'
De man zuchtte.
'Ik zal mij eerst aan u voorstellen. Mijn naam is Van Giesbeek... André van Giesbeek. Ik ben al jaren in dienst bij de BV Vrijgevochten, een onderneming die zich heeft gespecialiseerd in artikelen voor vrije tijd en vakantie. De onderneming is opgericht en werd geleid door de heer Charles de Rusconie.'

'Het slachtoffer van de moord.'
André van Giesbeek knikte en vervolgde zijn verhaal.
'De heer De Rusconie is al enige tijd bezig om zich zachtjesaan uit de zaak terug te trekken en heeft de leiding van het bedrijf min of meer aan mij toevertrouwd. Maar als ik een belangrijke beslissing moet nemen...'
De Cock onderbrak hem.
'Zoals de deal over de levering van de caravans?'
Van Giesbeek knikte.
'Precies. Dan neem ik contact met hem op en vraag advies. Charles de Rusconie is een man van grote ervaring... een man ook met een onfeilbaar zakelijk instinct. De manier waarop hij de onderneming Vrijgevochten heeft uitgebouwd tot de huidige omvang is fenomenaal.'
'U ging vanmorgen dus om advies.'
Van Giesbeek sloeg even zijn handen voor zijn gezicht.
'Verschrikkelijk, hoe hij daar zat. Met zijn hoofd bijna tussen zijn knieën. Ik heb al een paar dagen geprobeerd hem te bereiken, maar de telefoon werd niet opgenomen.'
'Vond u dat niet alarmerend?'
André van Giesbeek schudde zijn hoofd.
'De Rusconie heeft sinds kort een relatie met een mooie jonge vrouw. Hij is wel meer dagen weg... dan logeert hij ergens met haar. Ik heb met zijn privé-leven uiteraard niets te maken. Het was voor mij vanmorgen een laatste poging om contact met hem te maken.'
De Cock keek de man vorsend aan.
'Hoe kwam u binnen?'
'De deur boven op het bordes stond op een kier. Dat maakte mij argwanend. Ik dacht aan inbrekers tot... eh, tot ik in zijn huiskamer kwam... en hem vond.'
De Cock kauwde even op zijn onderlip.
'Hebt u enig idee in welke richting wij de dader moeten zoeken?'
De man naast zijn bureau wreef peinzend over zijn kin.
'Charles de Rusconie is, was een geniaal zakenman. Uiterst getalenteerd. Maar hij was ook sluw en bij sommige transacties

gewetenloos, hardvochtig, zonder enig medeleven. In het doen van zaken kende hij geen medelijden.'
'En?'
Van Giesbeek zuchtte.
'Hebt u het voorwerp gezien dat in zijn rug stak?'
De Cock knikte.
'Het was een vreemd voorwerp. Ik kon het niet thuisbrengen,' loog hij zonder moeite. 'Ik heb zo'n ding nog nooit als steekwapen gezien.'
De heer Van Giesbeek kneep zijn lippen op elkaar.
'Het is een metalen tentharing. Ik herkende het direct. Wij hebben die haring in onze collectie. Aanvankelijk werden die haringen vervaardigd door een man die een bloeiende handel in kleine eenpersoonstenten had. Tot...'
Van Giesbeek stokte.
De Cock keek naar hem op.
'Uw zin is nog niet voltooid.'
Het klonk als een bestraffing.
Na een diepe zucht vertelde Van Giesbeek verder.
'Totdat Charles de Rusconie zijn bedrijf overnam en de man totaal bankroet en vrijwel zonder financiële middelen op straat zette.'
'U kent die man?'
'Ik heb het drama destijds van nabij meegemaakt.' Van Giesbeek vertrok zijn gezicht. 'Ik begrijp dat Marinus totaal verbitterd is, gegriefd en tot op het bot gekwetst.'
'Tot moord in staat?'
'Absoluut.'
De Cock zweeg enige seconden.
'Marinus?'
André van Giesbeek liet zijn hoofd iets zakken.
'Marinus Veldhuizen.'

4

De Cock liet de onthutsende verklaring van André van Giesbeek secondelang op zich inwerken. Daarna boog hij zich iets naar de man toe.
'Wanneer was dat?' vroeg hij aarzelend. 'Wanneer heeft Charles de Rusconie het tentenbedrijf van Marinus Veldhuizen overgenomen?'
Van Giesbeek dacht even na.
'Ongeveer een maand geleden. Het was het laatste grote wapenfeit van de heer De Rusconie voor hij besloot om zich uit de zaken terug te trekken.'
'Waar was dat tentenbedrijf van Marinus Veldhuizen gevestigd?'
'Hij had in Amsterdam een onderkomen op het terrein van het voormalige Wilhelmina Gasthuis aan de Tweede Constantijn Huygensstraat. Met een paar man personeel vervaardigde hij weliswaar kleine tenten, maar ze waren van een uitmuntende kwaliteit. Dat was zijn kracht. En zijn tentharingen waren sterk. Het bedrijf had slechts een bescheiden productie. Afnemers waren gerenommeerde sportzaken.'
'Een renderend bedrijf?' vroeg De Cock.
Van Giesbeek knikte.
'Zeker. Zeer renderend. Sinds wij het bedrijf van Veldhuizen hebben overgenomen, beschouwen wij zijn tenten als een succesformule.'
De Cock nam een korte pauze.
'Toen ik u vroeg,' ging hij ernstig verder, 'of u de heer Marinus Veldhuizen tot een moord in staat achtte, reageerde u spontaan en met volle overtuiging.'
'Inderdaad.'
De Cock hield zijn hoofd schuin.
'Waarop berust die overtuiging?'
André van Giesbeek verschoof iets op zijn stoel.

'Ik heb Veldhuizen persoonlijk leren kennen als een impulsieve en ongeremde man, die bij het geringste verschil van mening explodeerde.'
'Dat maakt iemand nog geen moordenaar,' sprak De Cock met een glimlach.
Van Giesbeek liet zijn hoofd iets zakken.
'Ik was feitelijk niet van plan om dit voorval aan u te melden.'
'Welk voorval?'
Van Giesbeek zuchtte diep. 'Ik was er getuige van toen Marinus Veldhuizen kort na de overname van zijn bedrijf het kantoor van de heer De Rusconie binnenstormde. Hij was witheet. Het schuim stond om zijn mond. Als ik toen niet tussenbeide was gekomen, had hij hem ter plekke vermoord.'
De Cock keek hem schuins aan.
'Vermoord?'
'Ja.'
'Hoe?'
André van Giesbeek keek verbaasd.
'Wat bedoelt u?'
De Cock gebaarde voor zich uit.
'Op welke wijze zou hij De Rusconie hebben vermoord? Had hij een wapen... een pistool... een mes?'
Van Giesbeek schudde zijn hoofd.
'Hij had geen wapen bij zich, maar hij was de heer De Rusconie beslist aangevlogen als ik hem daarvan niet had weerhouden. Veldhuizen schold hem uit voor fraudeur, zwendelaar, oplichter.'
De Cock snoof.
'Terecht.'
Blijkbaar ontging André van Giesbeek de snelle opmerking van De Cock. Hij reageerde niet.
'Wat de meeste indruk op mij maakte,' ging hij verder, 'was zijn ernstige bedreiging.'
De Cock keek de man vragend aan.
'Bedreiging?'
Van Giesbeek knikte nadrukkelijk.
'Hij zei letterlijk: "Mijn vriend... dit is jouw laatste schurkenstreek. Jouw verrotte ziel zal branden in de hel. Een dezer da-

gen zorg ik ervoor dat je nooit meer een medemens kunt bedriegen."'

Toen de keurig geklede André van Giesbeek met een rood hoofd en nog zichtbaar opgewonden de grote recherchekamer had verlaten, viel er tussen De Cock en Vledder een bijna hoorbare stilte. De onthullingen van André van Giesbeek hadden een diepe indruk gemaakt.
Het was De Cock, die na enige tijd de stilte verbrak. Met een brede grijns op zijn gezicht strekte hij de wijsvinger van zijn rechterhand naar Vledder uit.
'Jij mag kiezen.'
De jonge rechercheur keek zijn oude leermeester verward aan.
'Kiezen?'
'Tussen de stalkende en jaloerse Boris van der Putten en de op wraak beluste Marinus Veldhuizen. Wie van deze twee vermoordde Charles de Rusconie?'
Vledder maakte een hulpeloos gebaar.
'Jouw vraag,' sprak hij ontwijkend, 'doet mij herinneren aan mijn recalcitrante gedrag vanmorgen na ons onderzoek in dat pand aan de Prinsengracht. Ik beken je eerlijk... daar heb ik nu achteraf spijt van. Na het vinden van het lijk van Charles de Rusconie was ik er absoluut van overtuigd dat Boris van der Putten die moord had gepleegd. Voor mij was dat zonneklaar. Daarom was ik zo fel in de contramine toen jij niet naar de Bernard Zweerskade wilde om hem te arresteren.'
De Cock glimlachte.
'En nu?
'Ik vrees dat je weer eens gelijk had,' zei Vledder met een diepe zucht. 'Ik ben nu eenmaal niet zo bedachtzaam als jij.'
De Cock spreidde zijn handen.
'Is Boris van der Putten in jouw ogen dan niet langer de man die wij onmiddellijk moeten arresteren?'
Vledder wreef zich over zijn kin.
'Het verhaal van André van Giesbeek,' sprak hij wat benepen, 'klonk naar mijn gevoel erg overtuigend. Gezien de achtergronden... het brute gedrag van Charles de Rusconie jegens hem...

en het feit dat het moordwapen een metalen tentharing is, acht ik die Marinus Veldhuizen ook een redelijke verdachte.'
De Cock plukte aan het puntje van zijn neus.
'Een man om onmiddellijk te arresteren?' vroeg hij plagend.
Vledder schudde zijn hoofd. Om zijn lippen krulde een grijns.
'Ik waag mij niet aan een antwoord. Ik zei je al dat Marinus Veldhuizen in mijn ogen een redelijke verdachte is. Maar dat betekent niet dat ik de stalkende Boris nu geheel uit mijn gedachten heb verbannen.'
De Cock lachte.
'Heel goed, Dick,' riep hij bewonderend. 'Zo ken ik je weer. We zullen onze aandacht op de twee verdachten moeten richten. Te beginnen met Marinus Veldhuizen. Probeer met die slimme computer van je eens te achterhalen waar Marinus zich nu ophoudt en wat hij doet. En kijk eens na of hij al eens voor een geweldsdelict is veroordeeld. Als die Veldhuizen zo agressief is als André van Giesbeek ons schildert, dan...'
De Cock stokte.
De deur van de grote recherchekamer vloog open en Charlotte van Hoogendoorn trippelde met wapperende haren op de grijze speurder toe. Hijgend en met een deinende boezem bleef ze voor zijn bureau staan.
'Hij is dood!' schreeuwde ze wild. 'Charles de Rusconie is dood. Vermoord.'
Vledder stond van zijn stoel op. Hij boog zich naar De Cock toe.
'Ik laat je met haar alleen. Ik kan ook vanuit een ander vertrek met mijn computer werken en die informatie inwinnen.'
De oude rechercheur kon zijn verbazing nauwelijks onderdrukken. Hoofdschuddend keek hij naar Charlotte van Hoogendoorn en wees naar de stoel naast zijn bureau.
'Ga zitten.'
Het klonk als een bevel.
Charlotte nam plaats. Haar onderlip trilde.
'Ik was er al zo bang voor,' snikte ze. 'Heeft die halvegare idioot het toch gedaan.'
'Boris van der Putten?'

'Natuurlijk. Boris is gek... knettergek,' sprak Charlotte op heftige toon. 'Ik heb u toch verteld dat hij had gedreigd om Charles de Rusconie te zullen vermoorden.'
De Cock knikte.
'Wanneer heb je voor het laatst contact met Charles gehad?'
'Een paar dagen geleden.'
De Cock keek haar verwonderd aan.
'Een paar dagen geleden? Had je niet regelmatig contact met hem?'
'Hij belde mij iedere dag,' zei Charlotte. 'Soms wel een paar keer per dag. In de morgen, 's middags, 's avonds.'
'Dat hield een paar dagen geleden op?'
'Ja.'
'Heb je niet geprobeerd om hem te bereiken?'
Charlotte schudde haar hoofd.
'Dat moet je als vrouw niet doen. Zeker niet in het prille begin van een verhouding. Je moet je niet al te gretig tonen. Dat maakt mannen vaak achterdochtig. Het beste is om het initiatief aan de man over te laten. Dat is de zekerste weg naar succes.'
De Cock glimlachte.
'Ik heb mij nooit in de veroveringstactieken van een vrouw verdiept.'
Charlotte keek meewarig naar hem op.
'Jammer.'
De Cock negeerde de opmerking.
'Werd je niet ongerust toen Charles niets van zich liet horen?'
'Vanmorgen, nadat ik hier bij u was geweest, heb ik hem... in tegenstelling tot mijn tactiek... thuis gebeld.' Charlotte klonk wanhopig. 'Ik heb de telefoon een paar maal laten overgaan. Er werd niet opgenomen. Toen heb ik mij in verbinding gesteld met zijn kantoor. Ik kreeg de heer Van Giesbeek, zijn plaatsvervanger, aan de lijn. Hij vertelde mij dat hij Charles de Rusconie dood in zijn woning had aangetroffen... vermoord. En dat hij de politie had gewaarschuwd.'
De Cock kende dat deel van het verhaal.
'Heeft de heer Van Giesbeek nog bijzonderheden vermeld over hóé Charles de Rusconie was vermoord?' vroeg hij.

Charlotte schudde haar hoofd.
'Ik heb het gesprek niet netjes afgesloten. Ik heb gewoon afgebroken en ben een potje gaan zitten janken.'
De Cock maakte een hulpeloos gebaar.
'Je zult naar een andere geschikte kandidaat moeten omkijken.'
Om de mond van Charlotte gleed een droeve grijns.
'Zoveel rijke oudere mannen die nog vitaal genoeg zijn om naar een jonge vrouw te verlangen, zijn er niet. Het is maar een kleine markt. En ik ben niet de enige jonge vrouw die daar opereert.'
De Cock kon met moeite een lach onderdrukken.
'Het lukt je nog wel,' sprak hij bemoedigend. 'Je bent vast mooier en aantrekkelijker dan de concurrentie.'
Charlotte trok haar schouders iets op.
'Hoelang nog?'
'Nog heel lang.'
Charlotte rechtte haar rug.
'Wanneer arresteert u die idioot?'
De Cock ontweek de vraag.
'Heeft Boris van der Putten jou vandaag nog hinderlijk lastiggevallen?'
Charlotte schudde haar hoofd.
'Ik denk dat mijn dreigement, dat ik aangifte zou doen, hem heeft afgeschrikt.'
'Wanneer deed je dat dreigement?'
'Een dag of wat geleden.'
De Cock trok een denkrimpel in zijn voorhoofd.
'Heb je Boris bij die gelegenheid ook gezegd dat jij de recherche zou vertellen wat hij met Charles de Rusconie van plan was wanneer jij de relatie met die man zou voortzetten?'
'Ja.'
'En?'
Charlotte schudde haar hoofd.
'Het interesseerde hem niet. Hij zei: "Lieve meid, je doet maar."'
De Cock nam een korte pauze. Zijn blik gleed langs de fraaie lijnen van haar gezicht. Hij bewonderde de gloed van haar lange kastanjebruine haren.

'Charlotte,' vroeg hij zacht, 'heb je wel eens in een klein tentje geslapen?'

Vledder kwam de grote recherchekamer binnen. Hij blikte om zich heen.
'Is ze weg?'
De Cock trok een meewarige grijns.
'Een paar minuten geleden. Diepbedroefd. Een treurende weduwe. De dood van Charles de Rusconie heeft haar toch wel aangegrepen.'
Vledder gniffelde.
'Ze zal een ander lucratief object moeten zoeken.'
De Cock glimlachte.
'Ik denk dat die opdracht haar het meest bezwaart. Zoveel geschikte kandidaten zijn er niet.'
'Is ze nog met nieuwe aanwijzingen gekomen?'
De Cock schudde zijn hoofd.
'Ze houdt Boris van der Putten voor de moordenaar.'
'Dat wisten we al.'
'Hm,' gromde De Cock. 'Ik heb haar gevraagd of ze wel eens in een klein tentje had geslapen.'
Vledder keek hem grijnzend aan.
'Wat is dat voor een vraag?'
De Cock bracht zijn lippen in een tuitje.
'Onze Charlotte had inderdaad wel eens in een klein tentje geslapen. Toen ze Boris van der Putten nog maar kort kende en meende dat hij rijk genoeg was om belangstelling voor hem te tonen, openbaarde Boris haar dat hij het zo'n romantisch idee vond om samen met haar een nacht in een tentje in de vrije natuur door te brengen.'
Vledder grinnikte.
'Daar kan ik mij wel wat bij voorstellen.'
'Inderdaad. Het prikkelt de fantasie.'
Vledder boog zich iets naar voren.
'En... heeft ze dat gedaan?'
De Cock trok een olijk gezicht.
'In de kleine kwaliteitstent van Boris van der Putten,' het klonk

triomfantelijk uit de mond van de oude rechercheur. 'Ze meent dat het ergens in de duinen was. Ze herinnert zich niet meer precies waar.'
De Cock schudde zijn hoofd.
'Charlotte van Hoogendoorn,' ging hij verder, 'bewaart aan die romantische nacht geen prettige herinneringen. Het verblijf met Boris in zo'n benauwde ambiance heeft ze niet als romantisch ervaren.'
Vledder lachte.
'Een tweede romantische nacht met Boris in zo'n tentje zat er dus niet in.'
De Cock liet een kort schamper lachje horen.
'Charlotte was voorgoed genezen van Boris en een nachtelijk verblijf in een kleine tent.'
Vledder trok ineens zijn gezicht strak en in zijn voorhoofd verschenen kleine rimpeltjes. De jonge rechercheur keek De Cock enige tijd onderzoekend aan.
'Ik begrijp het,' sprak hij ernstig.
'Wat?'
'Jouw vraag aan Charlotte, of ze wel eens in een tent had geslapen.'
'En?'
'Als Boris van der Putten een kleine kwaliteitstent bezit, dan bezit hij ook een metalen tentharing waarmee het leven van Charles de Rusconie werd beëindigd.'
De Cock glimlachte.
'Dick Vledder... jouw intelligentie stijgt met de jaren.'

5

Vledder keek De Cock misprijzend aan en schudde zijn hoofd.
'Ik... eh, ik vind dat geen aardige opmerking,' sprak hij afkeurend. 'Volgens mij is hij ook volkomen misplaatst. Mijn intelligentie stijgt niet met de jaren, maar is door jou in jaren nooit op haar juiste waarde geschat.'
De Cock lachte vrijuit.
'Ik heb weer wat geleerd,' reageerde hij vrolijk. 'Met deze snelle reactie van jou zal ik in de toekomst terdege rekening houden.'
'Ik ben benieuwd,' gniffelde Vledder.
De oude rechercheur boog zich iets naar hem toe.
'Hebben jouw naspeuringen nog iets opgeleverd?'
Vledder keek naar het scherm van zijn computer waar hij de informatie aflas.
'Boris van der Putten heeft een strafblad.'
'Terzake wat?'
'Oplichting.'
De Cock grinnikte.
'Verbaast mij niets.'
'Hoezo?'
'Het past bij zijn type.'
Vledder bewoog de muis over het oppervlak van zijn bureau en tuurde weer naar het computerscherm.
'Vriend Boris is ook een genie in het maken van schulden. Hij leent links en rechts en koopt goederen zonder die ooit te betalen. Daarom verhuist hij regelmatig om zoveel mogelijk uit handen van zijn schuldeisers te blijven.'
De Cock fronste zijn wenkbrauwen.
'Voor welke oplichting is hij bestraft?'
Vledder keek opnieuw naar zijn computerscherm.
'Boris van der Putten was enige jaren employé bij de IJsselsteinse Bank hier in Amsterdam. Aanvankelijk tot volle tevredenheid van zijn superieuren. Tot men erachter kwam dat hij

van een groot aantal zogenaamd slapende rekeningen* geld naar zijn eigen rekening overmaakte. Het bedrag liep in de tonnen.'
'Ontslagen?'
'Op staande voet. Sindsdien leeft hij van min of meer geraffineerde zwendelpraktijken. Hij is niet kieskeurig. Hij flest ook kleine zakenlieden.'
'Een vies mannetje.'
Vledder gniffelde.
'Dat mag je wel zeggen.'
'Heeft hij wel meer mensen lastiggevallen... gestalkt, zoals Charlotte van Hoogendoorn?'
'Daar heb ik niets over gevonden.'
De Cock gebaarde voor zich uit.
'Wat ben je te weten gekomen van onze tentenman, Marinus Veldhuizen?'
Vledder keek naar zijn computerscherm.
'Ook hij heeft een strafblad. Ruim vijf jaar geleden is Marinus Veldhuizen veroordeeld terzake eenvoudige mishandeling. Hij gaf een lastige, slecht betalende cliënt op wie hij een lopende vordering had uit woede twee slagen met een gebalde vuist, waardoor... zo staat in het proces-verbaal... het slachtoffer blauwkleurige verwondingen aan zijn ogen opliep.'
'Shit.' Het klonk een beetje lachwekkend uit de mond van de oude speurder.
'Wat bedoel je?'
'Dat schrappen we. Tenminste... als hij niet meer op zijn kerfstok heeft?'
Vledder keek zijn oude mentor niet-begrijpend aan.
'Op zijn wat?'
'Zijn kerfstok. Ken je dat niet?'
'Nee. Kerfstok... wat is dat voor een ding?'
De Cock glimlachte.
'Dick, jij leeft in het computertijdperk, maar ik vertel je wat een kerfstok is voordat er niemand meer is die je dat kan vertellen. Een kerfstok was nog tot een tamelijk recent verleden een lang, plat,

* Rekeningen waarop gedurende lange tijd niets af- of bijgeschreven wordt.

geschaafd houtje, waarop door een kerf werd aangegeven hoeveel men schuldig was. Dit geschiedde bijvoorbeeld nog heel lang bij broodbakkers. Telkens als men een brood haalde, sneed de bakker een kerf in de stok van de klant... en in die van de bakker. De bakker kon dus niet "op eigen houtje" meer kerven maken.'
Vledder trok zijn schouders op.
'Wat heeft dat met misdaad te maken?'
De Cock zuchtte.
'Onze taal verarmt. Oude begrippen verdwijnen of worden niet meer begrepen. Wanneer van iemand wordt gezegd dat hij veel op zijn kerfstok heeft, dan betekent dat dat hij of zij veel heeft misdreven.'
De oude rechercheur pauzeerde even.
'Geldt dat voor Marinus Veldhuizen?'
Vledder schudde zijn hoofd.
'Niet meer dan die eenvoudige mishandeling. Hij staat ook in het doen van zaken gunstig bekend. Marinus Veldhuizen woont al sinds zijn geboorte hier in Amsterdam in de Nova Zemblastraat op nummer 720. Hij is ruim twintig jaar gehuwd en heeft twee studerende kinderen.'
De Cock grinnikte.
'Niet het geijkte profiel van een beruchte crimineel. Maar wraakgevoelens kunnen escaleren tot een obsessie... een dwanggedachte, die tot moord leidt. Ik wil je niet met voorvallen uit mijn verleden vermoeien, maar...' De oude rechercheur stokte, stond van zijn stoel op en slenterde op zijn gemak naar de kapstok.
Vledder kwam hem na.
'Waar ga je heen?'
De Cock zette zijn oude vilten hoedje achter op zijn hoofd, draaide zich half om en keek de jonge rechercheur quasi-verwonderd aan.
'Je zei toch Nova Zemblastraat 720?'
'Ja.'
De Cock grijnsde.
'Ik hoop dat de ex-tentenfabrikant Marinus Veldhuizen ergens op zolder nog een paar van die gevaarlijke metalen tentharingen heeft liggen.'

Vledder keek toe hoe De Cock zich in zijn regenjas wurmde.
'Ben je daar zo benieuwd naar?'
De Cock deed een paar passen naar de deur.
'Ik heb zelf nooit gekampeerd. Ik wil zien hoe scherp een moderne tentharing is. Zo scherp dat men zoiets als een wapen... als een dolk kan hanteren.'
Vledder sloot snel het bestand met gegevens op zijn computer af en liep achter De Cock aan naar de deur.
'Wacht tot morgen, wanneer dokter Rusteloos tijdens de gerechtelijke sectie de tentharing uit de rug van De Rusconie heeft gepeuterd. Ik neem hem voor je mee.'
Ze verlieten de grote recherchekamer. Midden op de stenen trap bleef De Cock staan en verzonk even in gepeins.
'Weet je,' opende hij voorzichtig, 'dat Charles de Rusconie niet de eerste man is die met een tentharing werd vermoord?'
'Nee.'
'Iemand ging hem voor.'
'Wie?'
'Sisera.'
Vledder keek vanaf een paar treden hoger neer op De Cock.
'Wie was Sisera?'
Ze liepen verder de trap af.
'Een Kanaänitische veldheer.'
Vledder grijnsde.
'Prehistorie.'
De Cock knikte.
'Een bijbelverhaal. Nadat het leger van deze Sisera door Israëlitische troepen was verslagen, vluchtte hij in de tent van Jaël, de vrouw van Cheber. Zij behandelde de vermoeide veldheer heel vriendelijk, gaf hem wat te drinken en liet hem slapen. Je moet in de bijbel, het Oude Testament, het boek Richteren er maar eens op nalezen. Daarin vind je ook het lied van Debora en dat is prominente lectuur.'
Vledder maakte een afwerend gebaar.
'Dat is mij te lastig,' reageerde hij geprikkeld. 'Wat gebeurde er met die Sisera?'
De Cock zuchtte.

'In Richteren 4 staat: Maar Jaël, de vrouw van Cheber, nam een tentpin, greep de hamer, trad zacht op hem toe en dreef de pin in zijn slaap tot zij in de grond drong.'
Vledder was verbijsterd.
'Gruwelijk.'
De Cock knikte.
'Inderdaad... de geschiedenis der mensheid is gelardeerd met gruweldaden.'
'Was er toen al recherche?'
De oude rechercheur lachte.
'Men kende zeker geen figuren zoals De Cock en Vledder.'
'Die Jaël is dus nooit bestraft.'
De Cock schudde zijn hoofd.
'Jaël, de vrouw van Cheber, werd om haar daad bejubeld en maakte geschiedenis. Anders hadden wij nu nooit van die eerste tentharingmoord geweten.'

In de Aert van Nesstraat vond Vledder nog een plekje om hun Golf te parkeren. Ze stapten uit en slenterden naar de Nova Zemblastraat.
Nummer 720 bleek een eenvoudig Amsterdams woonpand van drie verdiepingen. Naast de deur, die toegang gaf tot de begane grond, zat aan de stijl een wit plastic naambordje met in verzonken zwarte letters: *M. Veldhuizen.*
De Cock drukte op de koperen bouton daarboven. Binnen rinkelde een bel. Al na enkele seconden werd de deur geopend door een struise vrouw, gekleed in een zwart-wit geruit jasschort. Ze keek van De Cock naar Vledder en terug. Haar verbazing verbloemde ze niet.
De oude rechercheur lichtte beleefd zijn hoedje.
'Mijn naam is De Cock,' stelde hij zich voor. 'De Cock, met ceeooceekaa.' Hij duimde schuin achter zich. 'En dat is mijn collega Vledder. Wij zijn als rechercheurs verbonden aan het bureau Warmoesstraat.'
De vrouw fronste haar wenkbrauwen.
'Recherche?' reageerde ze aarzelend.
De Cock keek de vrouw vriendelijk aan.

‘Wij wilden graag een onderhoud met de heer Marinus Veldhuizen.’
‘Mijn man?’
De Cock glimlachte.
‘Uit uw opmerking concludeer ik, dat u mevrouw Veldhuizen bent.’
‘Dat klopt.’
‘Is uw man thuis?’
Mevrouw Veldhuizen keek over haar schouder.
‘Rinus,’ riep ze met stemverheffing de gang in, ‘hier zijn twee heren voor je.’
Vanuit het donker achter de vrouw verscheen een breedgeschouderde man. Hij droeg een zwarte trui met een hoge col, waaronder een groene, iets verschoten ribfluwelen broek. Zijn voeten staken in vilten pantoffels.
Mevrouw Veldhuizen wees voor zich uit.
‘Ze zijn van de recherche.’
De heer Veldhuizen schoof zijn vrouw iets terzijde.
‘Kunnen jullie je legitimeren?’
De Cock knikte en Vledder toonde zijn legitimatiebewijs.
De heer Veldhuizen spreidde zijn machtige armen.
‘Conversatie aan de deur is niks.’ Hij gebaarde over zijn schouder. ‘Kom binnen.’
De huiskamer was gezellig ingericht met een grote eiken tafel, waaronder een reeks laden, en rondom stonden vier uitbundig gebloemde fauteuils.
Marinus Veldhuizen wees naar de fauteuils.
‘Neem plaats, heren. Het gebeurt mij niet vaak dat ik het gezag op bezoek krijg.’
De Cock ging zitten en glimlachte.
‘Gezag,’ sprak hij smalend, ‘is een verloren woord. Nog een paar regeringen van het huidige kaliber en Nederland heeft een volmaakte anarchie.’
Marinus Veldhuizen lachte.
‘En u beiden hebt dan geen functie meer.’
‘Precies.’
Veldhuizen ging tegenover de grijze speurder zitten.

'Zover is het blijkbaar nog niet,' sprak hij berustend. 'U bent hier nog en ik ben benieuwd naar de reden van uw komst.'
De Cock antwoordde niet direct. Hij plukte zijn notitieboekje uit de binnenzak van zijn regenjas, sloeg het open en las hardop.
'Mijn vriend... dit is jouw laatste schurkenstreek. Jouw verrotte ziel zal branden in de hel. Een dezer dagen zorg ik ervoor dat je nooit meer een medemens kunt bedriegen.'
De oude rechercheur klapte zijn boekje dicht en keek op.
'Herkent u deze tekst?' vroeg hij vriendelijk.
De heer Veldhuizen knikte.
'Dat zijn mijn woorden.'
'Wanneer uitgesproken?'
Veldhuizen maakte een wuivend gebaar.
'Een paar dagen geleden in het kantoor van Charles de Rusconie.'
'En de reden van deze ontboezeming?'
Veldhuizen verschoof iets in zijn fauteuil.
'Ik was des duivels op dat moment,' reageerde hij geëmotioneerd. 'Ik was tot het besef gekomen dat hij mij op een gemene manier had bedrogen. Ziet u, ik had een bloeiend bedrijf. Dat heeft hij mij op een slinkse manier afgenomen. Ik heb mijn personeel moeten ontslaan. Ik kan gewoon weer opnieuw beginnen... met niets.'
De Cock boog zich iets naar de man toe.
'Als ik goed ben geïnformeerd, maakte u kleine kwaliteitstenten?'
'Dat klopt.'
'Hebt u na de valstrik van de heer De Rusconie nog iets van uw handelsvoorraad kunnen redden?'
Om de lippen van Marinus Veldhuizen gleed een droevige grijns.
'Achter mijn huis, in het schuurtje, liggen nog een paar modellen.'
De Cock keek hem schuins aan.
'Ook haringen?'
Veldhuizen glimlachte.

'Uiteraard ook haringen.'
'Uw eigen ontwerp?'
Het gezicht van Veldhuizen straalde bijna van trots.
'Bij de meeste tenten,' legde hij uit, 'worden slechte haringen afgeleverd. Onbruikbare rommel. Ik heb mij erop toegelegd om een haring te ontwerpen die in vele grondsoorten houvast biedt. En dat is mij aardig gelukt.'
De Cock spreidde zijn handen.
'De tentharing die u hebt ontworpen heeft een vlijmscherpe punt?'
'Inderdaad,' antwoordde Veldhuizen. 'Scherp en lang. Een tentharing moet niet alleen uiterst gemakkelijk in de grond gebracht kunnen worden, maar moet ook weer gemakkelijk uit de grond verwijderd kunnen worden. Volgens mij zijn dat de eigenschappen waaraan een goede tentharing moet voldoen.'
De Cock plukte even aan zijn onderlip.
'Mag ik zo'n haring eens bekijken?'
Veldhuizen draaide zich in de richting van de keuken.
'Mien!' riep hij luid. 'Pak voor mij eens een haring uit het schuurtje.'
Hij draaide zich terug en keek De Cock onderzoekend aan.
'Vanwaar,' vroeg hij argwanend, 'uw belangstelling voor mijn haringontwerp?'
De oude rechercheur negeerde de vraag.
'Jouw verrotte ziel zal branden in de hel,' sprak hij vrolijk lachend. 'Je had het niet zo best met die Charles de Rusconie voor.'
Veldhuizen bracht zijn gezicht in een ernstige plooi.
'Ik ben een gelovig mens,' sprak hij gedragen. 'Ik geloof in een almachtige God en in een hemel en een hel. Het is misschien onaardig om dit tegen u te zeggen, maar aardse gerechtigheid stelt niet veel voor. Daar heb ik weinig vertrouwen in. Ik geloof in een rechtvaardige God, Die na onze dood Zijn keuzes zal maken.'
'Hemel of hel.'
'Precies.'
De Cock gebaarde voor zich uit.

'Wat bedoelde u met: een dezer dagen zorg ik ervoor dat je nooit meer een medemens kunt bedriegen?'
Marinus Veldhuizen ademde diep.
'Ach,' verzuchtte hij, 'op zo'n moment van woede zegt een mens wel eens dingen waarvan hij later spijt heeft. Ik was aanvankelijk van plan om in alle kranten een grote advertentie te plaatsen, waarin ik de mensen zou waarschuwen voor die De Rusconie en zijn praktijken.'
'En?'
Veldhuizen glimlachte wrang.
'Toen ik navraag deed, bleek zo'n advertentie een vermogen te kosten.'
De Cock glimlachte.
'Toen hebt u ervan afgezien?'
'Mijn vrouw verklaarde mij voor gek. Zij raadde mij aan opnieuw te starten met hetzelfde procédé maar onder een andere naam,' sprak Veldhuizen berustend.
'Een wijs advies.'
Mevrouw Veldhuizen kwam de kamer binnen en reikte haar man een slanke metalen tentharing aan.
'Heb je er een stel van verkocht?' vroeg ze. 'Er liggen er nog maar een paar.'
Haar man reageerde niet. Hij gaf de tentharing door aan De Cock.
'Mijn ontwerp,' sprak hij warm.
De oude rechercheur woog hem op zijn hand en bewonderde de fraaie lijnen. Hij liet zijn rechterhand langzaam van de scherpe punt naar boven glijden. Met zijn blik strak op Marinus Veldhuizen gericht, klemde hij het metalen voorwerp aan de bovenkant vast en hield het dreigend omhoog.
'Met zo'n tentharing,' sprak hij dof, 'werd enige dagen geleden in zijn woning aan de Prinsengracht Charles de Rusconie vermoord.'

6

Mevrouw Veldhuizen slaakte een kreet. Ze sloeg haar rechterhand voor haar mond. Met een bleek gelaat liet ze zich in een van de gebloemde fauteuils zakken. Verschrikt keek ze opzij naar haar man.

'Jij... jij hebt het voorspeld,' reageerde ze hijgend. 'Jij hebt het voorspeld. Je hebt altijd al gezegd dat die vent nog eens verkeerd aan zijn eind zou komen.'

Veldhuizen knikte traag.

'Dat klopt. Ik heb het zien aankomen. Charles de Rusconie heeft in de loop der jaren vele kleine bedrijfjes te gronde gericht en opgeslokt. Hij heeft op die manier tal van vijanden gekweekt. Ik wachtte erop dat iemand een keer wraak zou nemen.'

De Cock keek hem strak aan.

'Zoals u.'

Marinus Veldhuizen reageerde verbijsterd.

'Zoals ik?'

De grijze speurder bleef de man onbewogen aankijken.

'U had wraakgevoelens,' formuleerde hij toen kalm. 'Dat is duidelijk. En wellicht waren die wraakgevoelens terecht. Dat kan ik moeilijk beoordelen. In ieder geval kan men uw uitlatingen in het kantoor van Charles de Rusconie als een dodelijke bedreiging interpreteren en u beschikte over het gebruikte moordwapen.'

Veldhuizen reageerde verward. Over zijn wangen gleed een zenuwtrek.

'U... eh, u bent gek,' stotterde hij. 'Dat is je reinste onzin.'

De Cock schudde glimlachend zijn hoofd.

'Ik deel uw mening niet,' sprak hij vriendelijk. 'Buiten een paar beroepsdeformaties, heb ik nog geen onvolkomenheden in mijn geestelijke vermogens ontdekt.' Met een berustend gebaar pauzeerde hij even voor het effect. 'Maar het staat u volkomen vrij om aan mijn verstandelijke weerbaarheid te twijfelen.'

De uitdrukking op het gezicht van Marinus Veldhuizen veranderde.
'Het spijt mij,' sprak hij verzoenend. 'Het was niet doordacht. Integendeel. Het was een onbezonnen kreet. Mijn verontschuldiging.'
'Geaccepteerd.'
Veldhuizen keek de oude rechercheur enige tijd onderzoekend aan. 'Hebt u... eh, hebt u werkelijk aan de mogelijkheid gedacht dat ík Charles de Rusconie had vermoord?'
De Cock trok zijn wenkbrauwen op en knikte een paar maal nadrukkelijk.
'En aan die mogelijkheid,' sprak hij kalm, 'denk ik nog steeds.'
Veldhuizen grinnikte vreugdeloos.
'Ik heb die vent niet vermoord,' sprak hij hoofdschuddend. 'Toen ik hem die dag in zijn kantoor opzocht had ik hem met liefde eens flink op zijn bek willen timmeren. Dat wel. Zonder spijt. Maar moord?'
De Cock glimlachte vragend.
'Dat niet,' zei Veldhuizen glimlachend. 'Moord... iemand koelbloedig van het leven beroven... dat ligt niet in mijn aard.'
De Cock spreidde zijn handen.
'Wilt u mij overtuigen?'
'Waarvan?'
'Dat moord niet in uw aard ligt.'
'Uiteraard.'
De Cock gebaarde voor zich uit.
'Ga samen met uw vrouw eens na wat u de afgelopen week zo van uur tot uur hebt gedaan; noteer de namen van de mensen met wie u in contact bent geweest; waarover u met hen hebt gesproken. Maak daar een summier verslag van en breng mij dat een dezer dagen op het politiebureau in de Warmoesstraat.'
Veldhuizen knikte.
'Dat doe ik. Ik kan zo ook wel een alibi opbouwen. Wat was het tijdstip van de moord?'
De Cock schudde zijn hoofd en glimlachte.
'Dat houd ik als verrassing. Ik wil het u niet te makkelijk maken.' De oude rechercheur boog zich iets voorover. 'Om de

zaak even formeel vast te stellen... u ontkent dat u Charles de Rusconie heeft vermoord?'
'Absoluut.'
De Cock maakte een berustend gebaar.
'Hebt u enig idee in welke richting ik de ware moordenaar dan zou moeten zoeken?'
Marinus Veldhuizen antwoordde niet direct. Hij dacht na. Zijn vrouw strekte haar rug. Er lagen weer blosjes op haar wangen. Ze keek in de richting van haar man.
'Casper van de Broek.'
De Cock fronste zijn wenkbrauwen.
'Wie is Casper van de Broek?'
Veldhuizen zuchtte.
'Hij was jarenlang juridisch adviseur van Charles de Rusconie. De Rusconie liet zich door Van de Broek altijd uitvoerig inlichten over eventuele juridische gevolgen van zijn beraamde schurkenstreken.'
De Cock beluisterde de uitleg.
'Ja-ren-lang? Was er een einde gekomen aan de relatie tussen hem en Charles de Rusconie?'
Veldhuizen schudde zijn hoofd.
'Er waren niet lang geleden ernstige meningsverschillen ontstaan. Casper van de Broek wilde niet langer betrokken zijn bij de malversaties die Charles de Rusconie uitdacht. Hij weigerde hem nog langer te adviseren. Bovendien eiste hij een aandeel in het bedrijf van Charles de Rusconie.'
De Cock keek Veldhuizen verbaasd aan.
'Een aandeel?'
De man schudde weer zijn hoofd.
'Casper van de Broek meende daar recht op te hebben. Door zijn adviezen was Charles de Rusconie in staat gebleken om zich schatten te verwerven. Dat was volgens Van de Broek de basis van zijn claim.'
De Cock gniffelde.
'Ging De Rusconie daarop in?'
Veldhuizen schudde zijn hoofd.
'Hij weigerde.'

‘En?’
‘Wat bedoelt u?’
‘Hoe reageerde Casper van de Broek op die weigering?’
Veldhuizen maakte een grimas.
‘Chantage. Van de Broek dreigde met het openbaar maken van de frauduleuze middelen waarmee Rusconie zijn enorme vermogen had vergaard.’
De Cock trok een denkrimpel in zijn voorhoofd.
‘Casper van de Broek speelde dus met dezelfde gedacht als u: het wereldkundig maken van het gedrag van Charles de Rusconie?’
Veldhuizen raakte geïrriteerd.
‘Ik heb nooit aan het begrip chantage gedacht,’ reageerde hij fel. ‘Ik heb nooit aan Charles de Rusconie gezegd dat ik in ruil voor mijn zwijgen iets van hem verlangde. Ik heb van mijn voornemen om alles te publiceren afgezien omdat het mij te kostbaar werd.’
De Cock knikte begrijpend.
‘Hoe kwam u op de hoogte van de meningsverschillen en van de verwijdering tussen Charles de Rusconie en Casper van de Broek? Wat of wie was uw bron?’
‘Casper zelf.’
De Cock keek verrast.
‘Bestond er een bijzondere relatie tussen u en de juridisch adviseur van De Rusconie?’
‘Nee.’
De Cock toonde onbegrip.
‘Waarom was hij dan zo openhartig? Waarom openbaarde Casper van de Broek aan u zijn plannen om Charles de Rusconie te chanteren?’
‘Geen idee,’ zei Veldhuizen schouderophalend. ‘Ik kende hem nauwelijks. Ik denk dat ik hem een- of tweemaal had ontmoet, altijd in gezelschap van Charles de Rusconie.’
‘Vreemd,’ zei De Cock.
Veldhuizen sprak verder. ‘Ongeveer een week geleden stond hij plotseling bij ons voor de deur. Hij was duidelijk een tikkeltje in de war. Hij zei dat hij met mij wilde praten. Mijn vrouw en ik lieten hem binnen. Ongevraagd vertelde hij ons toen van zijn

plannen om iets tegen Charles de Rusconie te ondernemen. Ter ondersteuning van de bewijsvoering wilde hij ook de bizarre overname van mijn bedrijf in zijn publicaties betrekken.'
'Daar hebt u in toegestemd?'
Veldhuizen maakte een hulpeloos gebaar.
'Het lag in de lijn van de plannen die ik zelf aanvankelijk had.'
'Hoe ging het verder?'
'Casper van de Broek vertelde aan mijn vrouw en mij dat hij als juridisch adviseur precies wist hoe men De Rusconie het best kon aanpakken. Hij vroeg of ik nog in het bezit was van zo'n speciale haring, die ik vroeger bij mijn tenten leverde.'
De Cock reageerde geschrokken.
'Hij wilde zo'n tentharing?'
Marinus Veldhuizen knikte.
'Hij wilde die voegen bij stukken betreffende de overname van mijn bedrijf.'
De Cock kneep zijn ogen even dicht.
'Die tentharing hebt u hem gegeven?'
Veldhuizen liet zijn hoofd iets zakken.
'Ik gaf hem er zelfs twee.'

De rechercheurs namen afscheid van het echtpaar Veldhuizen. De Cock slofte nadenkend en soms hijgend terug naar hun Golf in de Aert van Nesstraat. Vledder liep langzaam naast zijn oude leermeester voort. Hij opende het portier van de politieauto en hield het hoffelijk voor De Cock open. De grijze speurder keek hem verwonderd aan.
'Is dit nieuw?'
Vledders gezicht toonde een brede grijns.
'Ik heb eerbied voor de ouderdom,' sprak hij temerig.
'Barst.'
Nadat De Cock was ingestapt, klapte Vledder het portier met een zwierig gebaar achter hem dicht zoals dat een galante chauffeur betaamt en kroop daarna lachend achter het stuur van de Golf. Hij startte de motor en reed weg. Via de Nova Zemblastraat en de Houtmankade reed hij over de brug naar de Van Diemenstraat. De jonge rechercheur blikte opzij.

'Zonder dollen... ik vond dat jij het echtpaar Veldhuizen goed hebt verhoord. Kalm en welwillend. Anders waren ze vermoedelijk nooit met het verhaal van die juridische adviseur gekomen.'
De Cock gniffelde.
'Bedankt voor het compliment. Het klinkt beter dan jouw eerbied voor mijn ouderdom.'
'Dat was een grapje.'
De Cock trok een bedenkelijk gezicht.
'Toch begrijp ik het gedrag van die Casper van de Broek niet. Waarom vertelt hij juist aan Marinus Veldhuizen van zijn meningsverschil met De Rusconie en openbaart hij hem al zijn plannen.'
'Je bedoelt, wat steekt daar achter?'
'Precies.'
Vledder grijnsde.
'We kunnen het hem vragen.'
'Nu nog?'
'Waarom niet? Marinus Veldhuizen kent niet het privé-adres van Casper van de Broek, maar wel de plek waar hij kantoor houdt.'
'En dat is?'
'In de Hartenstraat op nummer 305.'
De Cock blikte op zijn horloge.
'Het is bijna acht uur. Er zal niemand meer op dat kantoor zijn.'
Vledder glimlachte.
'De bewoners van ons kikkerlandje zijn stapel op procedures, claims, kort gedingen en andere rechtszaken. Misschien werkt hij over.'
De Cock gebaarde naar de voorruit.
'Oké, ga je gang. Je weet de Hartenstraat te vinden.'

De begane grond van het perceel Hartenstraat 305 bleek een voormalig winkelpand. Op de grote winkelruit stond in sierlijke witte letters: *Casper van de Broek. Voor al uw juridische perikelen.* Achter de ruit hing een groen gordijn. En daarachter brandde licht.
In de smalle Hartenstraat was geen plaats meer vrij om de Golf te parkeren. Vledder reed door tot de Keizersgracht en vond daar nog een plekje aan de walkant tussen de bomen.

Ze stapten uit en liepen terug naar de Hartenstraat.
De Cock voelde aan de winkeldeur van perceel 305. De deur was niet op slot. De oude rechercheur stapte naar binnen. Vledder volgde in zijn kielzog.
Aan een bureau achter een balie zat een knappe jonge vrouw. De Cock schatte haar op achter in de twintig. Ze had glad zwart haar in een pony. Met grote glanzende bruine ogen keek ze op, kwam uit haar stoel overeind en liep met kleine bevallige pasjes op haar hoge hakjes naar de twee bezoekers toe.
'Waarmee kan ik de heren van dienst zijn?' Een lieve glimlach sierde haar mond. De oude rechercheur bedwong een ondeugende gedachte. Met een lichte buiging nam hij zijn oude hoedje af.
'Mijn naam is De Cock. De Cock met ceeooceekaa.' Hij duimde opzij. 'En dat is mijn collega Vledder. We zijn als rechercheurs verbonden aan het politiebureau in de Warmoesstraat. We hadden graag een onderhoud met de heer Casper van de Broek.'
'U wilt hem consulteren?'
De Cock was even sprakeloos. Hij knikte toen hij zich had hervonden.
'Over het onderwerp moord.'
De jonge vrouw keek hem verschrikt aan.
'Moord?'
De Cock knikte opnieuw.
'De moord op Charles de Rusconie. Die moord hebben wij in behandeling. Wij willen u vragen: hebt u de heer De Rusconie bij leven gekend?'
De jonge vrouw zuchtte diep.
'Voor zijn dood kwam de heer De Rusconie hier vrij regelmatig. Casper van de Broek, mijn directeur, was zijn juridisch adviseur.'
'Hoe hebt u van zijn dood vernomen?'
Ze gebaarde naar de telefoon.
'Ik had vanmiddag in verband met een oude affaire nog even contact met zijn bedrijf. Toen vertelde iemand mij dat de heer De Rusconie was vermoord.' Ze liet haar hoofd iets zakken. 'Ik was er toch wel even kapot van toen ik van zijn dood hoorde. Ik

vond de heer De Rusconie wel een aardige man. Altijd erg beminnelijk en attent. Hij was ook erg geliefd bij zijn personeel.'
De Cock trok een denkrimpel in zijn voorhoofd.
'Geliefd? Hoe weet u dat?'
'Ik had zakelijk nogal veel contact met leden van zijn personeel. Over en weer worden dan wel eens vertrouwelijkheden uitgewisseld.'
De Cock glimlachte begrijpend.
'Wie bent u?'
'Ik ben Margje van Medemblik. Ik ben al enige jaren bij de heer Van de Broek in dienst.'
'Als wat?'
'Ik heb enige jaren rechten gestudeerd.'
'Waar kunnen wij de heer Van de Broek bereiken?'
Margje van Medemblik trok haar schouders op.
'Dat weet ik niet.'
De Cock keek haar verrast aan.
'Dat weet u niet?'
Margje schudde haar hoofd.
'Casper van de Broek en De Rusconie hadden een verschil van mening. Ongeveer een week geleden, na zijn ruzie met de heer De Rusconie, is hij vertrokken.'
'Waar ging die ruzie over?'
Margje maakte een hulpeloos gebaar.
'Het fijne heb ik er niet van begrepen. Casper weigerde nog langer adviezen te geven. Hij vond dat de heer De Rusconie soms bepaalde grenzen overschreed.'
De Cock liet het onderwerp rusten.
'Waarheen is de heer Van de Broek vertrokken?'
De mooie Margje trok haar schouders weer op.
'Hij zei dat hij een paar dagen met vakantie ging en vroeg of ik de zaak zolang wilde waarnemen. Hij zou na enige tijd contact met mij opnemen om te vragen of er zich nog bijzonderheden hadden voorgedaan.'
'En?'
'Wat?'
'Heeft hij al contact met u opgenomen?'

Margje schudde haar hoofd.
'En dat vind ik knap vervelend,' sprak ze met enige ergernis in haar stem. 'Er doen zich toch dagelijks zaken voor die ik graag met hem zou willen bespreken... waarvoor ik zijn advies nodig heb.'
De Cock keek vragend.
'Is de heer Van de Broek getrouwd?'
Margje schudde haar hoofd.
'Hij is homo.'
'Kent u vrienden van hem?'
Margje schudde opnieuw haar hoofd.
'Casper laat zich over zijn relaties nooit uit. Hij doet daar altijd erg schimmig over. Ik heb hier in het kantoor nog nooit vrienden van hem ontmoet.'
'Hebt u zijn privé-adres?'
Margje draaide zich half om en griste een kaartje van haar bureau.
'Kromme Waal 1120. Zijn telefoonnummer staat er ook op.'
'Hebt u hem gebeld?'
Margje van Medemblik knikte heftig.
'Een paar maal per dag,' sprak ze kwaad. 'Hij moet toch eens terugkomen?'

7

Na een duidelijke afspraak met Margje van Medemblik dat zij De Cock zou inlichten wanneer haar directeur Casper van de Broek zich weer zou melden, namen de rechercheurs vriendelijk afscheid van de knappe secretaresse en verlieten het kantoor.
Het was gaan regenen. De Cock trok de kraag van zijn jas omhoog en schoof zijn oude hoedje iets naar voren. In gedachten verzonken slenterden de rechercheurs vanaf de smalle Hartenstraat terug naar de Keizersgracht en stapten daar in hun oude Golf.
Met zijn handen aan het stuur leunde Vledder iets voorover, maar startte de motor niet.
De Cock keek hem van terzijde aan.
'Wil je hier overnachten?' vroeg hij spottend.
Vledder schudde zijn hoofd.
'Ik denk na.'
De Cock gniffelde.
'Het zal eens tijd worden,' schamperde hij quasi. 'Je laat het denkwerk meestal aan mij over.'
Vledder negeerde de opmerking. Hij verschoof iets op zijn zitplaats en keek naar De Cock.
'Volgens mij,' sprak hij somber, 'is die Casper van de Broek na zijn moord op Charles de Rusconie gevlucht en verblijft hij ergens in het buitenland.'
De Cock schudde zijn hoofd.
'Dat geloof ik niet.'
'Waarom niet?'
'Dat is niet slim.'
Vledder keek De Cock verwonderd aan.
'Hoezo... niet slim?'
De Cock spreidde zijn handen in een weids gebaar.
'Vluchten is schuld bekennen.'
Vledder gromde.

'Vluchten is ook een manier om uit handen van de politie te blijven. Het feit, dat hij zich niet bij zijn secretaresse meldt, kan erop duiden dat hij zijn huidige verblijfplaats niet wil prijsgeven.'
De Cock blikte opzij.
'Meen je oprecht,' vroeg hij nadrukkelijk, 'dat Casper van de Broek zijn voormalige opdrachtgever heeft vermoord?'
Vledder zuchtte.
'Via Marinus Veldhuizen kwam hij in het bezit van de metalen tentharing die hij als moordwapen gebruikte.'
'Het motief voor de moord?'
'De ruzie over zijn aandeel in het enorme vermogen van Charles de Rusconie.'
De Cock schudde zijn hoofd.
'Dat is voor Casper van de Broek geen geldig motief. Hij eiste van Charles de Rusconie een deel van zijn vermogen. Om hem te dwingen dat deel te geven, dreigde hij met het openbaar maken van de frauduleuze wijze waarop De Rusconie zaken deed. Dat is chantage.'
'En?'
De Cock gebaarde voor zich uit.
'Geloof me; een chanteur doodt nooit zijn slachtoffer. Daar is hij niet bij gebaat. Integendeel. Hij hoopt dat hij zo lang mogelijk in leven blijft. Van een dode man valt niets meer te halen.'
Vledder keek hem verwonderd aan.
'Moet ik hieruit opmaken,' formuleerde hij voorzichtig, 'dat naar jouw mening Casper van de Broek niets met de moord op De Rusconie van doen heeft?'
'Precies.'
Vledder keek hem schuins aan.
'Je bent nogal zeker van je zaak.'
'Dat ben ik ook,' sprak De Cock instemmend. 'Ik heb in het verleden veel strafzaken contra chanteurs behandeld. Ik was daar goed in. Maar onder hen heb ik nooit een moordenaar aangetroffen.'
De oude rechercheur zweeg even en kauwde op zijn onderlip.
'Ik ben bang dat ik weet waarom Casper van de Broek niets van zich laat horen.'

'En dat is?'
'Wacht maar af.'
Vledder startte de motor.
'Terug naar de Kit?'
De Cock schudde zijn hoofd.
'We gaan naar de Kromme Waal.'
Vledder reageerde verrast.
'De Kromme Waal?'
'Ja.'
'De woning van Casper van de Broek?'
De Cock knikte.
'Nummer 1120.'

Het was nat, stil en donker aan de Kromme Waal. Het leek alsof een gedeelte van de straatverlichting was uitgevallen. De regen had de mensen van de straat verdreven. Er was op de hele gracht geen hond te zien. Ver weg klonk het gieren van een tram door de bocht. De Cock keek even omhoog. Slechts uit een enkel raam scheen wat licht. Aan de walkant, zo ontdekte hij even later, scharrelden in de regen een paar grote zwarte ratten. De Cock wees ernaar en Vledder huiverde.
'Daar ga ik niet parkeren.'
De jonge rechercheur reed door. Nabij de Waalsteeg vond hij voor hun oude Golf nog een plekje aan de gracht tussen de bomen. Ze stapten uit en liepen in een rustig tempo verder de stille gracht af.
Perceel 1120 bleek een sierlijk grachtenpand. Zonder een souterrain en bordes maar met een fraaie trapgevel. De Cock bekeek de monumentale groengelakte toegangsdeur. Er waren, zo constateerde hij, geen sporen van braak of verbreking.
Rechts naast de deursponning hing een blankgelakt houten naambord met *Casper van de Broek* in strakke zwarte letters. Onder het naambord glom een koperen bouton. De Cock drukte en in het inwendige van het pand klonk een bel.
Vledder grijnsde.
'Waar ben je in godsnaam mee bezig?'
De Cock schudde zijn hoofd.

'Niet in Gods naam.'
Vledder wuifde naar de monumentale deur.
'Die vent is niet thuis... zit met z'n kont ergens in het buitenland.'
De Cock ademde diep.
'Dat vraag ik mij af.'
'Waarom?'
'Omdat ik dat niet geloof.'
Vledder reageerde kribbig.
'Hij zou toch met vakantie zijn?'
'Hij zou zich ook met zijn secretaresse in verbinding stellen,' antwoordde De Cock even kribbig. Daarna belde hij voor de tweede keer en toen ook hierop niet werd gereageerd, pakte hij uit een steekzak van zijn vale regenjas het apparaatje, dat hij eens, lang geleden, van zijn vriend en ex-inbreker Handige Henkie had gekregen toen die bewust voor het smalle pad der deugd koos. Het was een koperen houdertje met daarin een keur van dunne blankstalen sleutelbaarden.
Vledder reageerde geschrokken.
'Wat wil je?'
De Cock keek hem met opgetrokken wenkbrauwen aan.
'Wat denk je? Naar binnen. Waar heb ik anders dat apparaatje voor nodig?'
Vledder schudde zijn hoofd.
'Dat is inbraak.' Het klonk wat paniekerig. 'We hebben hier niets te zoeken. Ik heb jou al zo vaak gewaarschuwd. Wij krijgen door dat ellendige apparaatje van jou nog eens een hoop gedonder.'
'Ik red mij er wel uit.'
Vledder zuchtte.
'Voor wat jij nu wilt doen, hebben we wettelijk een officieel bevel tot huiszoeking nodig.'
De Cock trok zijn gezicht strak.
'Zo'n bevel hebben wij niet,' reageerde hij grimmig. 'En via de legale weg zullen wij dat ook nooit krijgen. Geen officier van justitie zal zich eraan wagen om in deze situatie een bevel uit te schrijven.'

De oude rechercheur monsterde het slot van de deur en koos met kennersblik uit het houdertje de juiste sleutelbaard. Het duurde even, luttele seconden, toen had de grijze speurder de deur van het slot en drukte hij die met zijn knie verder open.
De deur gaf toegang tot een ruime hal. De Cock pakte zijn zaklantaarn en bekeek de deuren, die op de hal uitkwamen.
Vledder kwam morrend achter hem aan.
'Ik ben nu medeplichtig,' lamenteerde hij, 'aan een pure huisvredebreuk.'
De Cock knikte.
'Je bent braaf.'
Eenmaal binnen duwde de jonge rechercheur, nog steeds mopperend, met zijn elleboog de zware toegangsdeur in het slot.
'Je moet dat apparaatje weggooien,' snauwde hij. 'Het behoort niet tot jouw uitrusting.'
De Cock negeerde de opmerking. Het gezeur van zijn collega begon hem te vervelen. Hij besloot zich er niet meer aan te storen.
De oude rechercheur koos een van de deuren die op de grote hal uitkwamen. Toen hij die had geopend, bleef hij staan. Vledder kwam naar hem toe.
'Vertel nu eens... wat zoek je hier?'
De Cock antwoordde niet. Hij snoof een paar maal.
'Ruik jij niets?'
Vledder gromde.
'Het stinkt hier.'
'Precies,' reageerde De Cock, 'het stinkt hier. En ik ken die lucht.'
Hij liep de gang achter de deur in. Het lichtovaal uit zijn zaklantaarn gleed langs een eikenhouten lambrisering. Links van de gang stond een deur halfopen. De onaangename lucht was hier nog indringender.
De Cock drukte met zijn knie de deur verder open en ging het vertrek binnen. Het licht van zijn zaklantaarn dwaalde door een ruime kamer. Plotseling stokte de adem in zijn keel.
Binnen de lichtkring van zijn zaklamp ontwaarde hij het lichaam van een man. Hij hing ver voorovergebogen in een fauteuil met zijn hoofd haast tussen zijn knieën.

De Cock liep voorzichtig naderbij. Hoog in de rug van de man, een paar centimeter naast de wervelkolom, stak een vreemdsoortig wapen. De oude rechercheur herkende de metalen tentharing van het type dat Marinus Veldhuizen had uitgevonden.
Vledder hijgde in zijn nek.
'Een tweede moord,' riep hij geschrokken.
De Cock knikte traag.
'Duidelijk. Na het verhaal van Margje van Medemblik, dat zij nog steeds niets van haar directeur had gehoord, lag het ook min of meer in de lijn der verwachtingen. Daarom wilde ik beslist naar binnen.'
'Wie is het?'
De Cock gaf geen antwoord.
'Wij hadden,' sprak hij weifelend, 'aan Margje van Medemblik een foto van haar directeur moeten vragen.'
Vledder stootte hem in het donker van terzijde aan.
'Casper van de Broek?'
De Cock maakte een keelgeluid.
'Al dagen geleden vermoord. De geur van ontbinding dampt van hem af.'

Om geen argwaan te wekken wilde De Cock de verlichting in het pand voorlopig niet gebruiken. Met zijn zaklantaarn bekeek de oude rechercheur het slachtoffer van alle kanten. Het was in alle opzichten een perfecte kopie van de moord op Charles de Rusconie.
Vledder stootte hem opnieuw aan.
'Zal ik de meute waarschuwen?'
De Cock dacht even na.
'Doe maar.'
Vledder bleef staan.
'Hoe... eh,' vroeg hij angstig, 'hoe verantwoorden wij onze aanwezigheid hier?'
De Cock gromde.
'De buitendeur stond op een kier,' sprak hij docerend. 'Uit nieuwsgierigheid gingen wij naar binnen en vonden een stinkend lijk. Zo simpel.'

Vledder trok een grijns.
'Zo simpel,' herhaalde hij.
Voordat de jonge rechercheur kon weglopen, greep De Cock hem vast. Zijn scherpe gehoor had ergens in het pand een geluidje opgevangen.
'Blijf hier,' gelastte hij bijna fluisterend. 'Buiten morrelt iemand aan de voordeur.'
De oude rechercheur vatte Vledder bij zijn arm en geleidde hem naar de scharnierzijde van de kamerdeur. Met hun rug tegen de muur bleven ze staan luisteren.
Het geluid van schuifelende voetstappen klonk vanuit de gang. De kamerdeur waaierde naar hen toe en ineens baadde het vertrek in een zee van licht. Iemand had een schakelaar beroerd. Een zwaargebouwde man in een druipende regenjas liep met slepende tred verder de kamer in. Hij liep naar de dode in de fauteuil. Met zijn rug iets gekromd bleef hij verbijsterd staan.
'Casper... mijn god... Casper.'

De Cock deed een stap naar voren en kuchte. Vledder kwam naast hem staan.
De man draaide zich met een ruk verschrikt om. Het regenwater glom op zijn brede gezicht en zijn donkere haren plakten op zijn voorhoofd. Met grote starende ogen keek hij van De Cock naar Vledder en terug.
'Wat... eh, wat doet u hier?' stamelde hij. In zijn stem trilde angst.
De Cock reageerde niet direct. Hij monsterde de bonkige gestalte van de man. Op basis van zijn houding en gelaatstrekken schatte hij hem op achter in de dertig.
De oude rechercheur gebaarde naar de dode man in de fauteuil.
'Het behandelen van een moord,' sprak hij vriendelijk, 'behoort tot onze beroepsbezigheden.'
Hij pauzeerde even voor het effect.
'Mijn naam is De Cock met... eh, ceeooceekaa.' Hij duimde opzij. 'Dat is mijn gewaardeerde collega Vledder. Wij zijn in Amsterdam als rechercheurs verbonden aan het politiebureau in de Warmoesstraat.'

'Recherche?'
'Exact... recherche. En wie bent u?'
De houding van de man veranderde. De angst gleed van zijn gezicht.
'Ik ben Samuel Plasmans,' reageerde hij rustig.
De Cock liep een stap dichter naar hem toe.
'Hoe kwam u hier binnen? Wij hadden de buitendeur in het slot gedrukt.'
Samuel Plasmans tastte naar een zak van zijn regenjas.
De Cock maakte een afwerend gebaar en liep nog dichter op de man toe.
'Ik wil dat uw beide handen voor mij zichtbaar blijven. Ik wil niet het risico lopen dat u een wapen trekt.'
Plasmans maakte een verontschuldigend gebaar.
'Ik heb een sleutel van dit pand. Die wilde ik u even laten zien.'
De Cock trok een denkrimpel in zijn voorhoofd.
'In welke hoedanigheid heeft u een sleutel van dit pand?'
Plasmans duimde over zijn schouder naar de dode in de fauteuil.
'Ik heb hier geruime tijd met Casper van de Broek samengewoond. Het waren misschien wel de gelukkigste jaren van mijn leven,' sprak hij timide.
'U vormde een paar?'
Samuel Plasmans knikte.
'Twee jaar geleden ben ik naar Parijs vertrokken. Casper had een nieuwe vriend... vele jaren jonger dan ik. Voor hem heb ik het veld geruimd.'
'Bezield van wrange gevoelens?'
Plasmans schudde zijn hoofd.
'Zulke dingen gebeuren... net als bij hetero's. Het is zinloos om daar problemen over te maken. Casper en ik zijn dan ook als goede vrienden uit elkaar gegaan. We hadden nog regelmatig contact. Dat is ook de reden dat ik nu hier ben.'
De Cock trok zijn wenkbrauwen op.
'Hoezo?'
Samuel Plasmans zuchtte.
'Casper vertelde mij enige tijd geleden al dat er scheurtjes vielen in de relatie met zijn nieuwe vriend. Er ontstonden strub-

belingen. Zijn nieuwe vriend verlangde steeds meer geld van hem... terwijl er tussen Casper en mij nooit financiële perikelen waren.'
Plasmans zweeg. Hij draaide zich om en keek naar de dode man in de fauteuil.
'Arme Casper,' sprak hij somber. 'Zo'n verschrikkelijke dood heeft hij niet verdiend.'
De Cock wenkte Vledder naderbij.
'Waarschuw de meute... ontvang ze en doe de gebruikelijke huiszoeking. Probeer morgenochtend dokter Rusteloos zover te krijgen dat hij morgen een gerechtelijke sectie op beide slachtoffers verricht; Charles de Rusconie en deze Casper van de Broek. Dat scheelt in tijd.'
De jonge rechercheur keek hem verwonderd aan.
'En jij?'
De Cock antwoordde niet. Hij legde zijn hand vertrouwelijk op de schouder van Samuel.
'Kent u in dit pand een ruimte waar wij ons gesprek nog even kunnen voortzetten? Ik bedoel... zonder de aanblik van de dode Casper?'
Plasmans knikte.
'Mijn kamer. Casper van de Broek heeft die voor mij gereserveerd gehouden. Hij wilde er geen andere bestemming aan geven.'
Ze verlieten de kamer van de moord. Samuel Plasmans leidde De Cock naar een ruime kamer aan de andere kant van de gang. Het zag er gezellig uit, met een groot tweepersoons bed en een vriendelijk zitje van ruime fauteuils om een ronde tafel. Samuel deed zijn natte regenjas uit en veegde met zijn zakdoek het water uit zijn gezicht.
Ze namen tegenover elkaar plaats. De Cock boog zich iets naar de grote man toe.
'Wanneer bent u uit Parijs vertrokken?'
'Vanmiddag.'
'Waarom?'
'Omdat ik bang was dat er iets met Casper was gebeurd.'
De Cock fronste zijn wenkbrauwen.
'Dat verwachtte u?'

'Min of meer.'
'De moord op uw vriend verraste u niet?'
Samuel wreef met zijn vlakke hand over zijn brede gezicht.
'Casper was bang. Echt. Ik ken hem te goed om dat niet te onderkennen. Zijn nieuwe vriend bleek verslaafd aan cocaïne. Hij had zijn baan als procuratiehouder opgezegd en zijn houding ten opzichte van Casper werd steeds dreigender. Casper vroeg mij of hij een paar dagen bij mij in Parijs mocht logeren... om even aan de druk van zijn nieuwe vriend te ontkomen.'
'En?'
'Dat heb ik hem uiteraard toegezegd.'
'Hij kwam niet?'
Samuel Plasmans schudde zijn hoofd.
'Hoewel wij geen vaste datum hadden geprikt, werd ik toch ongerust... ook omdat Casper niet reageerde op mijn telefoneren. Ik belde zijn secretaresse en die zei mij dat Casper een paar dagen vakantie had genomen, maar tegen zijn gewoonte in, niets van zich had laten horen.'
Dat was duidelijk voor De Cock.
'Voor u reden om naar Amsterdam te reizen?' vroeg hij.
'Ja.'
'Hoe heet die nieuwe vriend van Casper?'
'Maurice Grotebroek.'
'Waar was hij procuratiehouder?'
'Bij bij de BV Vrijgevochten, hier in Amsterdam.'
De Cock keek hem met grote ogen aan.
'Het bedrijf van Charles de Rusconie.'
Samuel Plasmans knikte.
'Daar had Casper hem leren kennen.'

8

Toen De Cock de volgende morgen om vijf over half tien – volgens de oude rechercheur toch nog vrij vroeg – de grote recherchekamer binnenstapte, zat Vledder achter zijn computer. De snelle vingers van de jonge rechercheur dartelden speels over het toetsenbord. Eerst toen De Cock tegenover hem achter zijn bureau plaatsnam, liet hij zijn vingers even rusten en keek op.
'Ik heb je gisteravond niet meer teruggezien,' sprak hij met een licht verwijt.
De Cock glimlachte.
'Ik heb Samuel Plasmans te voet naar hotel Krasnapolsky gebracht. Hij heeft nog steeds een eigen kamer in het grachtenhuis van Casper van de Broek. Maar daar wilde hij na de dood van zijn vriend niet blijven slapen.'
'Vandaar Krasnapolsky,' reageerde Vledder begrijpend. 'Heb je dat stuk echt gelopen?' vroeg hij daarna met een trek van medelijden op zijn gezicht.
De Cock ging daar niet op in.
'Plasmans is van plan om in Amsterdam te blijven tot aan de begrafenis van Casper van de Broek,' ging hij onverstoorbaar verder. 'Daarna gaat hij terug naar Parijs.'
'Heb je zijn adres daar?'
De Cock knikte.
'Vanaf Krasnapolsky ben ik naar de Warmoesstraat gewandeld. Jan Rozenbrand, de wachtcommandant, heeft ervoor gezorgd dat ik met een surveillancewagen thuis werd gebracht.'
Vledder grinnikte en boog zich toen iets naar voren.
'Ik had stiekem gehoopt dat jij gisteravond nog even naar mij zou komen kijken.'
De Cock zijn jonge collega schuins aan.
'Waren er problemen?'
Vledder schudde zijn hoofd.

'Bram van Wielingen, de fotograaf, hij was een beetje vervelend. Hij zeurde dat het al zo laat was... hij lag al in bed... ook zijn vrouw werd wakker. Enfin, je weet hoe hij is. Jij kent zijn jeremiades*. Verder vroeg iedereen naar jou. Vooral dokter Den Koninghe, de lijkschouwer; hij vond het merkbaar vervelend dat jij er niet was.'
De Cock glimlachte.
'We kennen elkaar al zo lang. Heeft dokter Den Koninghe nog iets gezegd over de stank... de staat van ontbinding van het lijk?'
Vledder knikte.
'Hij schatte dat Casper van de Broek ongeveer een week geleden werd vermoord. Hij merkte nog op dat Charles de Rusconie en Casper van de Broek vermoedelijk op dezelfde dag werden omgebracht... en wel door dezelfde dader.' De jonge rechercheur lachte. 'Garanties voor deze fabelachtige stelling kon hij niet geven.'
De Cock gniffelde.
'Dokter Den Koninghe is altijd erg voorzichtig in zijn uitlatingen. Heb je vanmorgen al contact gehad met dokter Rusteloos?'
Vledder knikte opnieuw.
'De patholoog-anatoom had er geen bezwaar tegen dat hij vanmiddag twee gerechtelijke secties achter elkaar moet doen. Ik mocht zelfs kiezen welk lijk het eerst aan de beurt kwam. Ik heb voor Charles de Rusconie gekozen.'
De jonge rechercheur opende een lade van zijn bureau, nam daaruit twee metalen tentharingen en schoof die De Cock toe.
'Ik heb op jouw verzoek huiszoeking in dat pand aan de Kromme Waal gedaan. Deze jongens vond ik in het bureau van Casper van de Broek.'
De Cock bekeek de haringen.
'Vrijwel zeker de twee tentharingen die Marinus Veldhuizen hem heeft meegegeven.'
Vledder grijnsde.
'Casper van de Broek had ze dus niet nodig om er een moord mee te plegen.'

* Jammerklachten, naar de klaagliederen van de bijbelse profeet Jeremia.

De Cock schudde zijn hoofd.
'Ik heb er ook nooit in geloofd dat hij ze daarvoor zou gebruiken. De moordenaar van Casper van de Broek nam zijn eigen tentharing mee.'
Vledder pakte de twee metalen haringen van het bureau van De Cock en schoof ze terug in een lade van zijn bureau.
'Ik zal de herkomst van deze twee tentharingen in mijn procesverbaal verantwoorden,' verduidelijkte hij.
'Heel goed.'
De jonge rechercheur keek op.
'Heeft het verdere verhoor van Samuel Plasmans nog iets opgeleverd?'
'Zeker,' sprak De Cock nadrukkelijk. 'De nieuwe vriend van Casper van de Broek bleek achteraf ernstig verslaafd aan cocaine. Hij had voor die verslaving steeds meer geld nodig, ook al omdat hij zijn baan als procuratiehouder had opgezegd.'
Vledder grijnsde.
'Casper van de Broek had beter bij zijn oude vriend kunnen blijven.'
De Cock knikte.
'Maar in de liefde,' verzuchtte hij, 'tellen verstandelijke overwegingen vaak niet.'
'Jammer.'
De Cock lachte.
'Praat over dat onderwerp eens met jouw vriendin Adelheid van Buuren.'
Vledder grijnsde.
'Ik kijk wel uit. Je weet hoe scherp mijn Adelheid kan reageren.'
De Cock trok zijn gezicht weer in een ernstige plooi.
'Casper van de Broek ervoer de houding van zijn nieuwe vriend op den duur als beangstigend en bedreigend, maar hij durfde hem de toegang tot zijn huis niet te weigeren. Hij belde Samuel Plasmans en vroeg of hij een paar dagen bij hem in Parijs mocht komen logeren, om even aan de verslaving en de psychische druk van die nieuwe vriend te ontkomen.'
'En?'
'Er werd geen datum geprikt.'

Vledder kneep zijn wenkbrauwen samen.
'Casper kwam niet?'
De Cock schudde zijn hoofd.
'Toen Casper thuis geen telefoon opnam en Margje van Medemblik, zijn secretaresse, vertelde dat haar directeur al een paar dagen met vakantie was, werd Samuel ongerust.'
'En reisde naar Amsterdam.'
'Ja, en wij waren er beiden getuige van hoe hij zijn oude vriend daar aantrof.'
'En die nieuwe vriend?' vroeg Vledder.
De Cock zuchtte.
'Volgens Samuel Plasmans is zijn naam Maurice Grotebroek. Casper van de Broek heeft hem als procuratiehouder leren kennen bij de BV Vrijgevochten.'
'Toen hij nog juridisch adviseur van de BV was?'
'Ja.'
Vledder keek hem geschrokken aan.
'De zaak van Charles de Rusconie.'
De Cock verbeterde. 'De zaak van wijlen Charles de Rusconie.'
Vledder sloeg zijn rechterhand voor zijn mond.
'Bij die firma liggen ook de beruchte tentharingen van Marinus Veldhuizen.'

De Cock leunde iets achterover in zijn stoel.
'Hoe laat is de sectie?'
'Vanmiddag om twee uur.'
De Cock snoof.
'Met twee secties achter elkaar zit je minstens tot vijf uur aan dokter Rusteloos vast.'
Vledder knikte.
'Dan zit ik,' verzuchtte hij, 'na het beëindigden van de secties op weg terug naar de Kit onherroepelijk opnieuw vast in de stad... file.'
De Cock maakte een hulpeloos gebaar.
'Het leed van de files.' Hij wees voor zich uit. 'Denk er wel aan dat wij om acht uur Boris van der Putten, de stalker van Charlotte van Hoogendoorn, hebben ontboden.'

Vledder glimlachte.
'Onze dartele weduwe.'
'Ja ja,' zei De Cock. 'Ik had toch graag dat jij bij het verhoor van die stalker aanwezig bent.'
'Dat moet lukken, ondanks de file. En wat ga jij doen vanmiddag?'
De Cock schoof zijn onderlip vooruit.
'Ik denk dat ik een bezoek ga brengen aan het kantoor van de BV Vrijgevochten aan de Nassaukade.'
'Waarom?'
De Cock plukte even aan zijn neus.
'Ik ben nieuwsgierig.'
'Waarnaar?'
'Misschien kan André van Giesbeek, de nieuwe beheerder van Vrijgevochten mij iets vertellen over de persoonlijkheid en de hoedanigheid van Maurice Grotebroek, voormalig procuratiehouder en de nieuwe vriend van wijlen Casper van de Broek. Hij zal de liefde tussen die twee hebben zien opbloeien. Misschien weet hij ook iets van de strubbelingen die nadien zijn ontstaan.'
Vledder knikte begrijpend.
'De intense spanningen tussen de twee homo's zouden heel goed tot moord hebben kunnen leiden. Ik vermoed dat de cocaineverslaving van die Maurice Grotebroek daarbij een cruciale rol heeft gespeeld.'
'Precies, en als wij het tijdstip van de moord een week terugschuiven, dan kan dat zijn op het moment dat Casper van de Broek naar Parijs wilde afreizen.'
Vledder spreidde zijn handen.
'Zullen we,' riep hij enthousiast, 'alvast zijn opsporing verzoeken?'
De Cock trok een bedenkelijk gezicht.
'Terzake moord?'
'Ja.'
De Cock schudde zijn hoofd.
'Dat is een wilde greep. We kunnen zo'n verzoek tot opsporing niet wettelijk onderbouwen.'

De mond van Vledder zakte plotseling iets open. Voor de tweede keer die dag sloeg de jonge rechercheur zijn hand voor zijn mond.
'Dat... eh, dat ben ik vergeten,' stamelde hij.
De Cock keek hem geschrokken aan.
'Wat?'
'Jij had vanmorgen onmiddellijk jouw opwachting moeten maken bij commissaris Buitendam. Hij heeft mij dringend bevolen om jou dat mede te delen.'

Commissaris Buitendam, de lange, statige chef van het bekende politiebureau aan de Amsterdamse Warmoesstraat, wenkte met een slanke hand.
'Kom binnen, De Cock,' sprak hij geaffecteerd, 'en ga zitten.'
Hij kwam achter zijn bureau vandaan en gebaarde uitnodigend naar het zitje van stalen meubelen bij het raam, waar de commissaris slechts zijn prominente gasten ontving.
De grijze speurder trok zijn gezicht in een onwillige plooi. Nors, ontoegankelijk bleef hij staan. Toenaderingen van zijn chef wees hij in de meeste gevallen koel en hooghartig van de hand. Hij had geen hekel aan zijn commissaris, maar leefde met hem toch op enigszins gespannen voet. De Cock hield dat graag zo, beducht voor elke inmenging in zijn wijze van onderzoek.
'Als het u hetzelfde is... ik blijf liever staan.'
Op het bleke gezicht van de commissaris kwam een lichte blos.
'Zoals je wilt.' Hij liep terug naar zijn bureau en nam wat stijfjes plaats.
'Jij en Vledder hebben de moord op Charles de Rusconie in behandeling?' opende hij.
De Cock knikte.
'Charles de Rusconie... bij leven eigenaar en beheerder van de BV Vrijgevochten, een gigantisch bedrijf gericht op vrijetijdsbesteding.'
De commissaris glimlachte.
'Precies, die man bedoel ik.'
De Cock wuifde voor zich uit.

'Vledder en ik zijn er inmiddels van overtuigd,' ging hij rustig verder, 'dat de man of de vrouw, die Charles de Rusconie vermoordde, ook verantwoordelijk is voor de moord op Casper van de Broek... bij leven juridisch adviseur van Charles de Rusconie. Deze twee moorden tonen eenzelfde modus operandi.'
Commissaris Buitendam kuchte.
'Mijn interesse gaat uit naar de moord op Charles de Rusconie. Hebben jullie al enige vorderingen gemaakt? Zijn er aanwijzingen in een bepaalde richting?'
De Cock schudde zijn hoofd.
'Dit is pas de tweede dag,' sprak hij verontschuldigend. 'We hebben nog geen enkel idee in welke richting wij de dader moeten zoeken.'
De commissaris schraapte zijn keel.
'Ik... eh, ik zou je adviseren,' sprak hij geaffecteerd, 'om vooral aan de moord op die Charles de Rusconie de nodige aandacht te besteden.'
De Cock keek zijn chef verwonderd aan.
'Moet ik aan de moord op Casper van de Broek dan maar achteloos voorbijgaan?'
De commissaris maakte een afwerend gebaar.
'Nee, nee, zo bedoel ik dat niet. Die zaak verdient ook jullie aandacht, maar Charles de Rusconie is... was een broer van een officier van justitie.'
De Cock trok zijn neus iets op.
'Broer van een officier van justitie?'
In zijn stem vibreerde de twijfel.
Commissaris Buitendam schudde zijn hoofd.
'Weliswaar niet in ons arrondissement, maar elders in het land. Patrick de Rusconie nam gisteravond laat nog contact met mij op. Hij verzocht mij om aan de gruwelijke moord op zijn broer meer dan de gebruikelijke aandacht te schenken en desnoods extra personeel in te zetten om het onderzoek te bevorderen. De officier van justitie zou de gedachte niet kunnen verdragen dat de moord op zijn broer onopgelost zou blijven.'
De Cock gniffelde.
'Een slecht nest.'

‘Wat bedoel je?’ vroeg de commissaris uit de hoogte.
De Cock trok een grijns.
‘Het nest waaruit die Patrick de Rusconie is ontsproten, was volgens mij niet zo best. Het gevoel van rechtvaardigheid, bijvoorbeeld, was bij broer Charles bepaald niet sterk ontwikkeld. Zijn manier van zakendoen was op z’n minst discutabel.’
De oude rechercheur spreidde zijn handen.
‘En de manier,’ ging hij dreunend verder, ‘waarop die Patrick de Rusconie u benadert om extra aandacht voor het onderzoek naar de moord op zijn broer te vragen, getuigt ook al niet van goede smaak.’
De commissaris kwam briesend overeind.
‘Dat beoordeel jij niet,’ snauwde hij.
De grijze speurder schudde zijn hoofd.
‘En zo’n man,’ vroeg hij met een tinteling van ongeloof, ‘is officier van justitie?’
Commissaris Buitendam antwoordde niet. Hij kwam woedend achter zijn bureau vandaan. Er flikkerde vuur in zijn ogen en zijn neusvleugels trilden. Hij strekte zijn rechterarm met uitgestoken wijsvinger naar de deur.
‘Eruit.’
De Cock ging.

Toen de oude rechercheur zich in zijn stoel liet zakken, keek Vledder hem onderzoekend aan.
‘Was Buitendam kwaad?’
‘Waarover?’
‘Dat je zo laat was?’
De Cock schudde zijn hoofd.
‘Daarover niet.’
‘Wat dan?’
De Cock zuchtte.
‘Wij moeten de moord op Charles de Rusconie zo spoedig mogelijk oplossen.’
‘Waarom?’
‘Een broer van hem is officier van justitie.’
‘Het is niet waar?’ zei Vledder ongelovig grinnikend.

De Cock trok zijn schouders iets op.
'Het schijnt zo. Ene Patrick de Rusconie heeft gisteravond laat nog de commissaris gebeld met het verzoek het onderzoek naar de moord op zijn broer voorrang te verlenen. Desnoods moesten we daarvoor extra personeel inzetten. En je weet... als Buitendam een officier van justitie aan de telefoon heeft, krijgt hij subiet knikkende knieën.'
'Dat heb je hem verweten?'
De Cock schudde zijn hoofd.
'Ik heb alleen gezegd dat het gevoel van rechtvaardigheid bij Charles de Rusconie niet sterk was ontwikkeld.'
'Dat een broer van Charles een rechtvaardige officier van justitie was, trok jij in twijfel?'
'Min of meer.'
Vledder schoot in de lach.
'En toen joeg hij jou zijn kamer uit?'
De Cock maakte een hulpeloos gebaar.
'Voor Buitendam geldt: abundat dulcibus vitiis.'
'Latijn?'
De Cock knikte.
'Abundat dulcibus vitiis: hij is rijk aan sympathieke tekortkomingen.'

9

De Cock sjokte vanaf de Nieuwezijds Voorburgwal via het Klimopstraatje naar het Hekelveld en vandaar via het Kattengat en de Stromarkt naar de Haarlemmerstraat.
In zijn typische slentergang kuierde de oude rechercheur graag door de oude binnenstad van Amsterdam, waar hij vrijwel elke steen, elke stoep en elke deur kende. Bijna elk pandje was voor hem geschiedenis. Vaak kwamen bij het zien van een gebladderde voordeur herinneringen boven aan oude zaken die hij in zijn lange loopbaan bij de recherche aan het bureau Warmoesstraat had behandeld. Tegenwoordig bleef hij vaak even staan om zo'n oud huis beter te bekijken en om op adem te komen.
De Cock had een bijna fotografisch geheugen voor het interieur van die oude panden. Ook de geur die daar hing bleef in zijn herinnering kleven.
Vanaf de Haarlemmerdijk slofte hij op het Haarlemmerplein langs de monumentale Haarlemmerpoort naar het Nassauplein en verder de Nassaukade op.
Het magazijn en de kantoren van de BV Vrijgevochten bleken gevestigd in drie aaneengesloten panden. Het was een indrukwekkend geheel. Voor het eerst besefte de oude rechercheur dat de handel in vrijetijdsartikelen zo omvangrijk en lucratief was. Het verbaasde hem. Aan zijn eigen vrije tijd had hij nooit veel geld besteed.
In een ruime, zeer luxueus ingerichte hal zat achter de balie een aantrekkelijke hoogblonde vrouw, die zo intensief bezig was haar roodgelakte nagels te inspecteren dat zij het binnenkomen van De Cock niet opmerkte. Eerst toen hij pal voor haar stond keek ze verstoord op.
'Meneer wenst?' vroeg ze verveeld.
De Cock glimlachte.
'Wat meneer wenst is liefde, aandacht en begrip,' sprak hij beminnelijk, 'maar ik vrees dat u deze drie belangrijke componenten voor mij niet onmiddellijk ter beschikking heeft.'

De houding van de vrouw veranderde onmiddellijk.
'Waarmee kan ik u van dienst zijn?' vroeg ze vriendelijk en attent.
De Cock plooide zijn lippen in een tuitje.
'Stukken beter,' sprak hij bewonderend. 'Aandacht en begrip is er al. Ik had graag een onderhoud met de heer André van Giesbeek.'
'Wie kan ik zeggen dat er is?'
De oude rechercheur grijnsde.
'De Cock. De heer Van Giesbeek weet inmiddels precies hoe die naam gespeld moet worden. Ik ben als rechercheur verbonden aan het politiebureau in de Warmoesstraat.'
De hoogblonde vrouw meldde via de telefoon zijn komst. Slechts enkele seconden later kwam André van Giesbeek de ruimte binnen. Hij begroette de oude rechercheur allerhartelijkst, zelfs een tikkeltje uitbundig, schudde hem krachtig de hand en leidde hem naar zijn privé-kantoor. Ook hier domineerde de luxe. De BV Vrijgevochten scheen, zo interpreteerde De Cock, uiterst florerend en kapitaalkrachtig.
Van Giesbeek bood de oude rechercheur een comfortabele fauteuil en ging tegenover hem zitten.
'Al enige vorderingen gemaakt inzake de moord op de heer Charles de Rusconie?' vroeg hij vriendelijk.
De Cock schudde zijn hoofd.
'Integendeel. Wij zijn gisteravond geconfronteerd met een nieuwe moord. In zijn woning aan de Kromme Waal troffen wij de heer Casper van de Broek vermoord aan. Hij was op exact dezelfde wijze om het leven gebracht als de heer De Rusconie.'
Van Giesbeek keek geschrokken.
'Casper van de Broek?' riep hij verbijsterd. 'Dat is verschrikkelijk. De heer Van de Broek was juridisch adviseur van De Rusconie.'
'U hebt hem goed gekend?'
Van Giesbeek knikte.
'Zeker. Casper van de Broek kwam dikwijls hier op ons kantoor.'
'Hij deed ook zaken met u?'

Van Giesbeek schudde zijn hoofd.
'Alleen met De Rusconie. Wanneer de heren in conclaaf gingen, dan werd ik geweerd.'
'Waarom?'
Van Giesbeek maakte een grimas.
'Vertrouwelijk overleg. Ik denk dat die twee geen "Dritte im Bunde" konden gebruiken.'
De Cock liet het onderwerp rusten.
'Ik meen opgevangen te hebben dat de relatie tussen Casper van de Broek en de heer De Rusconie de laatste tijd niet meer zo harmonisch genoemd kon worden.'
Van Giesbeek trok zijn schouders iets op.
'Daarvan hebben mij nooit duidelijke signalen bereikt. Het is mij wel opgevallen dat de bezoeken van de heer Van de Broek aan ons kantoor de laatste tijd niet meer zo frequent voorkwamen.'
De Cock keek hem schuins aan.
'Kende u de geaardheid van de heer Casper van de Broek?'
'Hoe bedoelt u?'
'Onderhield hij homoseksuele relaties?'
Van Giesbeek lachte.
'Ik weet niet hoeveel relaties de heer Van de Broek onderhield. Wel weet ik dat hij nogal gecharmeerd was van onze procuratiehouder van die tijd.'
'Maurice Grotebroek.'
Van Giesbeek keek De Cock bewonderend aan.
'U bent goed geïnformeerd.'
De Cock wuifde de bewondering weg.
'Waarom heeft die Maurice Grotebroek ontslag bij de BV Vrijgevochten genomen?'
André van Giesbeek schaterde.
'Genómen zegt u? Genómen? Charles de Rusconie heeft hem er persoonlijk uitgetrapt. Die vent was niet meer te handhaven. Hij deed zijn werk niet goed en kwam soms dagen achtereen niet opdagen. De Rusconie en ik vermoedden dat Grotebroek verslaafd was geraakt aan drugs en daarom op den duur alle verantwoordelijkheid uit de weg ging.'

'Over relaties gesproken... is het nog wat geworden tussen Maurice Grotebroek en de gecharmeerde juridisch adviseur van de heer De Rusconie?'
Van Giesbeek haalde zijn schouders op.
'Ik heb horen fluisteren dat ze na enige tijd zijn gaan samenwonen.'
'Aan de Kromme Waal?'
'Ik ken geen adres.'
De Cock boog zich wat naar voren.
'Dat ontslag van Maurice Grotebroek, heeft dat nog tot strubbelingen geleid?'
'Hoe bedoelt u?'
'U vertelde dat de heer De Rusconie hem er persoonlijk had uitgetrapt. Ik neem aan dat er bij die gelegenheid wel een paar krachttermen zijn gebruikt.'
André van Giesbeek knikte.
'Charles de Rusconie,' sprak hij grinnikend, 'had daarvan een uitgebreid repertoire.'
De Cock kauwde even op zijn onderlip.
'Is Maurice Grotebroek een man van wie wel enige rancune is te verwachten?'
'Waar duidt u op?'
De Cock zuchtte.
'De genegenheid die de juridisch adviseur van de heer De Rusconie voor die Maurice Grotebroek had gekoesterd, liep al snel kleine haarscheurtjes op. Voortvloeiend uit zijn verslaving verlangde Maurice Grotebroek steeds meer geld van zijn vriend Casper. Wij achten de mogelijkheid niet uitgesloten dat de strubbelingen die daaruit voortkwamen, uiteindelijk tot moord hebben geleid.'
Van Giesbeek keek De Cock onderzoekend aan.
'U vermoedt dat Maurice Grotebroek de man was die Casper van de Broek heeft vermoord?'
De Cock weifelde even.
'Wij... eh, wij houden de mogelijkheid open,' formuleerde hij voorzichtig.
Van Giesbeek kneep zijn ogen tot spleetjes.

'U vertelde,' sprak hij traag, 'dat Casper van de Broek op exact dezelfde wijze om het leven is gebracht als de heer Charles de Rusconie.'
De Cock knikte.
'Dat is juist. Het moordwapen was eenzelfde tentharing en werd op dezelfde wijze toegepast.'
De donkerbruine ogen van André van Giesbeek fonkelden.
'Nu begrijp ik uw vraag over rancune. U acht de mogelijkheid niet uitgesloten dat Maurice Grotebroek ook verantwoordelijk is voor de moord op Charles de Rusconie.'
De Cock glimlachte.
'U kunt als rechercheur direct bij ons in dienst komen,' grapte hij.
De grijze speurder kwam uit zijn fauteuil overeind.
'U vertelde dat de heer De Rusconie kort voor zijn dood nog een relatie had met een mooie jonge vrouw. Heeft zij nog iets van zich laten horen?'
Van Giesbeek schudde zijn hoofd en stond ook op.
'Ik heb geen naam en geen adres. De heer De Rusconie heeft haar nooit aan mij voorgesteld.' Hij wees voor zich uit. 'Ik zal u even uitgeleide doen,' sprak hij hoffelijk.
De Cock liep bij het verlaten van het vertrek langs het immense bureau van André van Giesbeek. Tot zijn verwondering zag hij naast een fraai gevormde bureauklok een portretlijstje met de beeltenis van een knappe jonge vrouw met zwart glad haar in een pony. De oude rechercheur herkende... Margje van Medemblik.
Hij wees naar het portret.
'Uw echtgenote?'
André van Giesbeek schudde zijn hoofd.
'Ik ben niet gehuwd. Ik ben alleen getrouwd met de BV Vrijgevochten. Hij staarde even naar het portretje. 'Zij is een dierbare vriendin.'

Toen Vledder met hangende schouders en een grauw gezicht de grote recherchekamer binnenkwam, schonk De Cock hem een blik vol medeleven.
'Hoe was de sectie?' vroeg hij belangstellend.

Vledder plofte achter zijn bureau op zijn stoel.
'Twee achter elkaar... eindeloos.'
De Cock knikte begrijpend.
'Had dokter Rusteloos nog opmerkingen?'
Vledder gebaarde wat vermoeid voor zich uit.
'De slachtoffers stierven aan een inwendige verbloeding. Bij beiden was het hart door de punt van de tentharing geperforeerd. Volgens dokter Rusteloos had de dader alle geluk van de wereld, of hij of zij weet iets van anatomie. Om langs de schouderbladen en tussen de ribben door het hart te raken, is een moeilijke opgave.'
'Verder nog bijzonderheden?'
'Nee.'
De Cock blikte op zijn polshorloge.
'Je hebt het nog aardig gered,' sprak hij opgewekt. 'Het is net zeven uur.'
Vledder verschoof iets op zijn stoel.
'Het verkeer in de stad tijdens de spits,' verzuchtte hij, 'is een verschrikking.'
Hij zweeg even en keek op.
'We hebben in Amsterdam,' ging hij verder, 'toch nog eens een hoofdcommissaris van politie gehad die alle grachten wilde dempen om er wegen van te maken?'
De Cock knikte.
'Die man heette Kaasjager.'
'En?'
'Hij werd om zijn ideeën verketterd.'
'Jammer.'
De Cock keek Vledder vernietigend aan.
'Die grachten vormen de schoonheid van de stad. Zonder grachten heeft Amsterdam al haar luister verloren.'
Vledder schudde zijn hoofd.
'Die grachten hebben geen enkel bestaansrecht meer. Al hun aanvankelijke functies zijn in de loop van de tijd verloren gegaan.'
De Cock trok zijn gezicht in een brede grijns.
'Ze zijn mooi,' sprak hij stemmig. 'Er bestaan plannen om bijvoorbeeld in de Jordaan weer een paar gedempte grachten in

de oorspronkelijke staat terug te brengen. Die plannen juich ik toe. Amsterdam is gebouwd voor een rijtuig, een handkar, een sleperswagen en... een door de grachten statig geboomde dekschuit.'
Vledder snoof.
'Amsterdam is ook een stad waarin wij nu, in deze eeuw, in deze moderne tijd, moeten kunnen leven, wonen en werken. En dat kan bijna niet meer.'
'Terug naar Kaasjager?'
'Ja.'
'Nooit!'
Er werd op de deur van de grote recherchekamer geklopt en Vledder riep: 'Binnen!
De deur ging langzaam open en in de deuropening verscheen een goedgebouwde,niet onknappe man. Voor het effect bleef hij in de deuropening even uitdagend staan.
De Cock nam het tafereeltje geamuseerd waar. De oude rechercheur schatte de man op achter in de dertig. Hij droeg een nauwsluitend kostuum van een pastelkleurig groen dat pijn deed aan zijn ogen. Met slepende tred liep de man op de rechercheurs toe, bleef wijdbeens voor hun bureaus staan en riep luid:
'Ik kom voor het onderwerp,' spotte hij, 'dat mij zal worden medegedeeld.'
De Cock gebaarde naar de stoel naast zijn bureau.
'Neemt u plaats. U bent Boris van der Putten, en u hebt de tekst van onze ontbieding goed gelezen.'
Boris van der Putten ging zitten.
'Het onderwerp,' sprak hij dwingend.
De Cock pakte het proces-verbaal van aangifte.
'Ik heb,' las hij gedragen voor, 'enige tijd een verhouding gehad met ene Boris van der Putten. Toen ik hem leerde kennen droeg hij dure maatkostuums, reed in een glanzende Ferrari en deed zich voor als een man die wel iets te verteren had. Het was allemaal show... show van een ijdeltuit, een dandy, een snob... met een bankrekening die niets voorstelt?'
Boris van der Putten lachte hartelijk.
'Die tekst is van Charlotte van Hoogendoorn.'

De Cock trok een zuinig mondje.
'U kent haar taalgebruik?'
Boris grinnikte.
'Niet alleen haar taalgebruik.'
De Cock pakte het proces-verbaal weer op en las verder.
'Die Boris bleek ook als man een onuitstaanbare kwast. Toen ik de verhouding met hem verbrak, accepteerde hij dat niet. Het idee dat ik hem zonder meer terzijde schoof, was voor hem onverteerbaar.'
De oude rechercheur keek even op.
'Juist?'
Boris knikte.
'Ik wil haar niet kwijt,' zei hij. 'Charlotte van Hoogendoorn is een bijzondere vrouw... met verrukkelijke vormen. Lief, knap, sensueel. Wanneer men als een echte man naar haar kijkt, transformeert men haar onmiddellijk tot een erotische versnapering.'
De Cock glimlachte.
'Een vrouw transformeren tot een erotische versnapering... knap gevonden. Overigens, in het bijbelboek Mattheüs staat: ieder, die een vrouw aanziet om haar te begeren, heeft in zijn hart reeds echtbreuk met haar gepleegd.'
'Een strenge bijbel,' gniffelde Boris. 'Ik neem aan dat de praktijk vele bijbelse echtbreuken kent.'
De Cock reageerde niet. Hij legde het proces-verbaal van aangifte voor zich op zijn bureau.
'Het komt erop neer,' sprak hij strak, 'dat Charlotte van Hoogendoorn bij ons aangifte tegen u heeft gedaan terzake stalking.'
'Ze heeft mij gezegd,' sprak Boris somber, 'dat ze dat zou doen. Ik heb haar nadien ook vrijwel niet meer lastiggevallen. Het valt mij zwaar. Nadat ik een nacht met haar in mijn tentje heb doorgebracht, ben ik betoverd. Van die momenten kan ik moeilijk afscheid nemen.'
'U hebt dat tentje nog?'
'Zeker. Als ik Charlotte nooit meer terugkrijg, bewaar ik dat tentje als verrukkelijk relikwie... tot mijn dood aan toe.'
De Cock pakte het proces-verbaal weer op.

'Boris van der Putten,' las hij hardop, 'is erachter gekomen dat Charles de Rusconie en ik belangstelling voor elkaar hebben. Hoe hij daar achter is gekomen, weet ik niet. Ik denk dat hij op een avond Charles en mij is gevolgd. Een dag na mijn rendezvous met Charles belde Boris mij op. Hij raadde mij met klem aan om mijn verhouding met Charles de Rusconie onmiddellijk te beëindigden... zo niet... zei hij... dan vermoord ik hem.'
De oude rechercheur keek Boris strak aan.
'Hebt u die bedreiging uitgesproken?'
Boris van der Putten liet zijn hoofd zakken. Van de bravoure waarmee hij de grote recherchekamer binnenkwam, was weinig meer over.
'Dat... eh,' lispelde hij, 'dat heb ik gezegd. Uit woede, uit machteloosheid. Ik wist dat ik haar kwijt was. Charlotte kent geen liefde. Ze kent alleen geld.'
De Cock legde het proces-verbaal weer voor zich neer.
'Charles de Rusconie is vermoord. In zijn rug stak een tentharing, vermoedelijk van het type, dat bij uw kleine kwaliteitstent behoort.'
Boris keek op en schudde zijn hoofd.
'Ik heb die Charles de Rusconie niet vermoord. Absoluut niet. Maatschappelijk gezien ben ik geen brave broeder. Ik maak schulden, die ik nooit zal betalen. Ik licht mensen op die zo dom zijn om zich door mij te laten oplichten, maar ik haat geweld.'
De Cock zuchtte.
'Charlotte heeft verklaard dat zij u wel degelijk tot een moord in staat acht.'
Boris maakte een hulpeloos gebaar.
'Charlotte,' sprak hij geroerd, 'de mooie, dartele Charlotte, steeds op zoek naar het grote geld. Ik heb haar laatst nog een keer gevolgd. Heel onopvallend en op grote afstand. Ze zal mij niet hebben opgemerkt. Op de Nassaukade zag ik haar de kantoren en magazijnen van de BV Vrijgevochten binnengaan. Ik vraag mij af wie zij nu weer binnen de tentakels van haar charmes heeft gebracht.'

10

Toen de ontluisterde Boris van der Putten wat timide, zacht sloffend en met gebogen hoofd de grote recherchekamer had verlaten, keek Vledder de oude rechercheur verwonderd aan.
'Je laat hem zomaar gaan.' In zijn stem trilde een licht verwijt.
De Cock knikte.
'Ik zie geen reden om hem vast te houden. Jij hebt zijn verklaring opgenomen. Die heeft hij netjes ondertekend. We sturen zoals gebruikelijk het proces-verbaal naar de officier van justitie.'
'En dan?'
De Cock schoof zijn onderlip naar voren.
'Ik ben er vrijwel zeker van dat de zaak tegen Boris van der Putten wordt geseponeerd.'
Vledder trok een denkrimpel in zijn voorhoofd.
'Je bedoelt dat die in een ambtelijke prullenbak verdwijnt?'
De Cock haalde zijn schouders op.
'Zoiets ja. Vooral ook omdat Van der Putten na de aangifte van Charlotte van Hoogendoorn het stalken praktisch heeft gestaakt. In dat opzicht is hij aan de beterende hand.'
De oude rechercheur lachte schamper.
'In zo'n ambtelijke prullenbak verdwijnt overigens vijftig procent van onze werkstukken.'
'Vijftig procent?' vroeg Vledder ongelovig.
'Ja.'
'Dus zo ongeveer de helft van ons recherchewerk doen wij gewoon voor tjoema?'
De Cock knikte.
'Inderdaad, voor niets. Er komt geen strafrechtelijke vervolging; te hoge werkdruk, andere prioriteiten, tekort aan cellen. Er is altijd wel een reden te bedenken om een zaak te seponeren*.'

* Het seponeringsbeleid van het Openbaar Ministerie vindt in politiekringen vaak heftige kritiek.

Vledder grinnikte vreugdeloos.
'Onze Boris geeft toch ook onomwonden toe dat hij heeft gedreigd Charles de Rusconie te vermoorden. Hij bedreigde daarmee Charlotte van Hoogendoorn wanneer zij haar verhouding met die man niet verbrak.'
De Cock trok zijn schouders iets op.
'In het kader,' sprak hij achteloos, 'waarin Van der Putten die uitspraak deed... uit woede en machteloosheid, hecht ik niet zoveel waarde aan die emotionele kreet. Die bedreiging had geen werkelijke lading. En zo zal de officier van justitie er ook wel over denken.'
'Sepo?'
'Precies.'
'Alles voor tjoema?'
De Cock lachte.
'Ook dat. Voor tjoema. Met het feit dat men als politieman veel werk voor tjoema doet, heb ik mij allang verzoend.'
De oude rechercheur knipperde een paar keer met zijn ogen.
'Ik ben waarachtig blij dat die Boris van der Putten eindelijk uit mijn gezichtsveld is verdwenen. Verschrikkelijk. Wat een kostuum droeg die man. Dat schelle groen verduisterde het licht in mijn ogen.'
Vledder maakte een grimas.
'Ik heb ook zo'n felgekleurd kostuum thuis. Ik mag het van Adelheid niet dragen.'
De Cock wuifde het onderwerp weg. Hij fronste zijn wenkbrauwen.
'Er was toch iets,' sprak hij nadenkend, 'in de verklaring van Boris van der Putten dat mij trof.'
'En dat was?'
'Hij zei dat hij Charlotte van Hoogendoorn nog eens vanaf grote afstand had gevolgd en dat hij haar de kantoren en magazijnen van de BV Vrijgevochten aan de Nassaukade had zien binnengaan.'
'En?'
De Cock gebaarde.
'Terwijl jij bij dokter Rusteloos de secties volgde, heb ik een bezoek gebracht aan André van Giesbeek, die daar aan de Nas-

saukade nu de scepter zwaait. Ik heb met hem gesproken over Maurice Grotebroek, hun vroegere procuratiehouder, en over de moord op hun juridisch adviseur Casper van de Broek. Ik vroeg hem ook of die mooie jonge vrouw met wie Charles de Rusconie kort voor zijn dood een relatie had, nog iets van zich had laten horen. Hij ontkende dat. Hij zei: "Ik heb ook geen naam en adres. De heer De Rusconie heeft haar nooit aan mij voorgesteld".'
Vledder keek De Cock verrast aan.
'Wat deed onze dartele weduwe dan daar?'
De Cock schudde zijn hoofd.
'Geen idee.' De oude rechercheur plukte even aan zijn neus. 'Misschien wilde ze wel een nieuwe tentharing kopen?'
'Wie weet?'
De Cock gniffelde.
'Na de gruwelijke moord op De Rusconie zijn in dat bedrijf geen rijke oudere mannen meer.'
De grijze speurder stak plotseling zijn wijsvingers priemend naar voren.
'En dan nog iets,' ging hij op ernstige toon verder. 'Iets wat ik je beslist niet mag onthouden.'
'En dat is?'
'In het kantoor van André van Giesbeek, op zijn prachtige bureau, stond een portretlijstje met de foto van... Margje van Medemblik.'
'Zijn vrouw?'
De Cock schudde zijn hoofd.
'Een dierbare vriendin.'

Er werd op de deur van de grote recherchekamer geklopt. Vledder, in gedachten nog bezig alle nieuwe ontwikkelingen te verwerken, reageerde niet. De Cock keek naar zijn jonge collega, beoordeelde zijn wazige blik en riep hard en duidelijk: 'Binnen!'
De deur ging open en in de deuropening verscheen een man. De Cock herkende de bonkige gestalte van Samuel Plasmans. Met lome tred liep hij naar De Cock en wees op de stoel naast zijn bureau.

'Mag ik daar gaan zitten?'
'Zeker,' was het korte antwoord van De Cock.
Plasmans nam plaats, legde zijn machtige armen op de rand van het bureau en boog zich iets naar voren.
'Ik ben geen rechercheur,' sprak hij hoofdschuddend. 'Gelukkig niet. Ik ben te impulsief, te spontaan. Ik ben niet geschikt voor dat schaakachtige gedoe.'
De Cock lachte.
'Ik beloof dat ik u niet in dienst zal nemen.'
Het gezicht van Samuel Plasmans versomberde.
'De dood van mijn oude vriend Casper heeft mij toch diep aangegrepen. Veel meer dan ik had verwacht. Ik had na onze scheiding nog regelmatig contact met hem. Maar nu, na zijn dood, heb ik het idee gekregen dat hij al die jaren nooit helemaal openhartig is geweest en dat hij dingen voor mij heeft verzwegen.'
De Cock keek hem vriendelijk aan..
'Niet iedereen loopt met zijn problemen te koop. Daar zijn tal van redenen voor te bedenken. Misschien wilde hij niet dat u ongerust werd.'
Samuel zwaaide met een machtige arm.
'Ik ben uit nieuwsgierigheid naar de Hartenstraat gegaan. Ik wist dat hij daar kantoor hield.'
De Cock knikte en declameerde:
'Op de winkelruit, in sierlijke letters: *Casper van de Broek. Voor al uw juridische perikelen.*'
Samuel zuchtte.
'Ik heb kennisgemaakt met zijn secretaresse.'
'Margje van Medemblik.'
Samuel knikte.
'Een bijzonder knappe jonge vrouw, met grote glanzende bruine ogen. Toen ik mij aan haar had voorgesteld, was ze zichtbaar blij met mijn komst. Ze vroeg bijna smekend of ik haar wilde beschermen.'
De Cock keek Plasmans verrast aan.
'Beschermen?'
Samuel Plasmans knikte opnieuw.

'Er was vanmorgen nog voor mijn komst in de Hartenstraat een slonzig geklede jongeman bij haar binnengekomen, die op autoritaire toon de totale administratie van Casper van de Broek opeiste.'
'Zomaar?'
Samuel snoof. Zijn gezicht kleurde rood.
'Die vent zei tegen Margje van Medemblik dat ze was ontslagen, dat ze onmiddellijk kon ophoepelen en dat hij in het vervolg het beheer van het bedrijf van Casper van de Broek zou overnemen.'
'En toen?'
Margje van Medemblik was dapper, vond ik. Ze greep meteen de telefoon en zei dat ze u zou bellen... rechercheur De Cock van bureau Warmoesstraat.'
'Ze heeft niet gebeld?'
Samuel schudde zijn hoofd.
'Die vent is na een korte aarzeling afgedropen.'
De Cock keek hem gespannen aan.
'Zonder iets?'
'Zonder iets. Hij zei wel dat ze nog niet van hem af was en dat hij terug zou komen.'
De Cock trok zijn neus iets op.
'Was het Maurice Grotebroek?'
Samuel maakte een hulpeloos gebaar.
'Dat vermoedde ik. Casper heeft mij jaren geleden een keer aan die Maurice Grotebroek voorgesteld, maar ik had er geen idee van hoe hij er nu uit zou zien. In de uitgebreide beschrijving die Margje van Medemblik van hem gaf, herkende ik hem niet.'
Samuel lachte smalend.
'Maar het was Maurice Grotebroek.'
'Dat weet u?'
'Ja.'
'Hoe?'
Samuel ademde diep.
'Ik heb die knappe secretaresse op het hart gedrukt dat ze de winkeldeur na mijn vertrek op slot moest doen en niemand mocht toelaten. Wanneer die vent onverhoopt zou terugkomen, zou Margje u zeker meteen bellen.'

De Cock knikte begrijpend.
'Ik heb nog geen antwoord op mijn vraag. Hoe weet u zo zeker dat het Maurice Grotebroek was die de administratie van Casper van de Broek opeiste?'
Samuel Plasmans zuchtte opnieuw.
'Omdat ik hem heb gezien.'
'Waar?'
Samuel Plasmans nam een kleine pauze en ging wat verzitten.
'Na mijn bezoek aan de Hartenstraat ben ik naar het huis van Casper van de Broek aan de Kromme Waal gegaan. U weet, ik heb een sleutel van het pand.'
De Cock kneep zijn ogen halfdicht.
'Daar trof u hem?'
'Het was een bende in huis. Alles was overhoopgehaald... kleding uit de kasten getrokken... laden omgekieperd... gordijnen van de ramen gesleurd. Ongelofelijk. Vertrouwelijke papieren uit de secretaire van Casper lagen door de kamer verspreid.'
De Cock boog zich iets naar hem toe.
'Maurice Grotebroek?' vroeg hij gespannen.
Samuel liet zijn hoofd iets zakken.
'Ik hoorde glasgerinkel in de keuken,' sprak hij somber. 'Toen ik daar kwam, was die gek bezig om het porseleinen servies van Casper te vernielen.'
Samuel keek weer op. Zijn gezicht stond ernstig.
'Ik kon mij niet bedwingen,' sprak hij gejaagd. 'Ik wist hoe Casper van de Broek aan dat servies was gehecht; een erfstuk van zijn ouders. Ik herinner mij dat in de tijd dat wij samenwoonden, Casper en ik één keer van dat servies hebben gegeten, toen wij de huwelijksdag van zijn vader en moeder herdachten.'
De Cock likte aan zijn droog geworden lippen.
'Wat hebt u met hem gedaan?'
Samuel Plasmans zweeg. Voor zich uit starend zakte zijn mond halfopen. Het leek alsof hij worstelde met een pijnlijke herinnering.
De Cock kreeg het benauwd. Hij stond van zijn stoel op, greep de man bij zijn schouders en schudde hem heen en weer.

'Wat hebt u met hem gedaan?' vroeg hij opnieuw, luid schreeuwend. 'Wat hebt u met hem gedaan?'
Samuel keek hem aan en slikte.
'Ik... eh, ik pakte hem vast,' reageerde hij schor. 'Mijn handen gleden naar zijn strot.'
De Cock keek hem verschrikt aan.
'En toen?'
'Op dat moment drong plotseling met een schok het besef tot mij door dat ik mij in een uiterst gevaarlijke situatie bevond, levensbedreigend, en dat ik op het punt stond om iemand van het leven te beroven... te doden. Verlamd van schrik liet ik mijn handen zakken. Die vent vluchtte voor mij weg alsof de duivel op zijn hielen zat.'
Samuel Plasmans staarde even voor zich uit.
'En dat was ook zo. Een moment lang was de duivel in mij dwingend aanwezig. Ik weet nog wat ik hem vanuit de keuken nariep.'
De Cock liet zich op zijn stoel zakken.
'En dat was?' vroeg hij weer ontspannen.
Over het gezicht van Samuel Plasmans gleed een glimlach.
'Kom hier nooit meer terug!' riep ik wanhopig. 'Nooit meer, want dan vermoord ik je!'

Toen Samuel Plasmans was vertrokken, leunde De Cock in zijn bureaustoel achterover. Het gezicht van de oude rechercheur zag grauw.
'Ik stond werkelijk doodsangsten uit,' sprak hij vermoeid. 'Ik was echt bang dat Plasmans die stomme Maurice Grotebroek om het leven had gebracht.'
Vledder had hetzelfde gevoeld.
'Ik kon mij ook volledig in de gemoedstoestand van Samuel Plasmans verplaatsen. Hij stond echt op het punt om die vent te wurgen. Ik was net als jij als een kind zo blij dat hij op tijd tot bezinning was gekomen.'
De Cock leunde voorover.
'We weten nu zo goed als zeker dat het Maurice Grotebroek was die bij mooie Margje in de Hartenstraat de administratie van Casper van de Broek opeiste.'

Vledder knikte.
'Plasmans herkende hem niet zozeer van de beschrijving die Margje van de man had gegeven, maar hij herinnerde zich de gelaatstrekken van Maurice Grotebroek, de man die zijn vroegere vriend Casper van de Broek aan hem had voorgesteld.'
De Cock zuchtte.
'We zullen die Grotebroek toch een keer aan de tand moeten voelen inzake de dood van Casper van de Broek en de moord op Charles de Rusconie, de man die hem op staande voet bij de BV Vrijgevochten ontsloeg. De vraag is, waar duikt die vent weer op. Ik verwacht niet dat hij het waagt om naar dat pand aan de Kromme Waal terug te gaan.'
Vledder lachte.
'Samuel Plasmans heeft hem beslist de schrik van zijn leven bezorgd.'
'Absoluut.'
De jonge rechercheur keek De Cock vragend aan.
'Wat doen wij aan die vernielingen in het pand aan de Kromme Waal?'
De oude rechercheur trok zijn schouders op.
'Daar valt voorlopig weinig aan te doen,' sprak hij spijtig. 'Samuel Plasmans gaat niet direct terug naar Parijs. Hij zal proberen om het juridisch adviesbedrijf van zijn vroegere vriend voort te zetten. Hij zal ook nagaan of Van de Broek een testament heeft nagelaten. Wanneer die alles aan Maurice Grotebroek heeft vermaakt, dan is er geen sprake van een strafrechtelijk vernieling. Binnen redelijke grenzen mag eenieder met zijn eigendommen doen wat hij wil.'
De Cock stond van zijn bureaustoel op en slenterde naar de kapstok.
Vledder kwam hem na.
'Waar ga je heen?'
De Cock draaide zich halfom en grijnsde.
'Naar Smalle Lowietje.'
Vledder glimlachte.
'Jouw keel dorst naar het fluweel van een cognackie.'

11

Caféhouder Lowietje, wegens zijn geringe borstomvang in de rosse buurt meestal Smalle Lowietje genoemd, kwam even vanachter de bar vandaan, streek zijn handen langs zijn morsige vest en stak De Cock hartelijk de hand toe.
'Ik heb jullie een paar dagen niet gezien,' kirde hij opgewekt.
De grijze speurder hees zich op een kruk.
'Mijn oude moeder leerde het mij al vroeg: de dienst gaat voor het meisje. Vandaar.'
De caféhouder keek hem olijk aan.
'Ook voor de cognac?'
Hij dook aalglad onder de tapkast, pakte de fles fijne cognac Napoleon, die hij speciaal voor De Cock hield gereserveerd en stak hem omhoog.
'Hetzelfde recept?'
Zonder op antwoord te wachten, bedekte hij de bodem van drie diepbolle glazen, want Lowietje dronk er altijd eentje mee.
Ze namen hun glas op, warmden de cognac in het kommetje van hun handen, snoven en proefden met kleine teugjes. Het was een ceremonie die zij bijna dagelijks opvoerden, ingetogen, ernstig, devoot, als gold het een religieuze gebeurtenis.
Hoewel Smalle Lowietje in zijn bewogen leven bijna alles had gedaan wat God en het Wetboek van Strafrecht hadden verboden, beschouwde de grijze speurder hem als een vriend. En dat was wederkerig. Het feit dat De Cock uitdrukkelijk het recht vertegenwoordigde, deed daar geen afbreuk aan.
Smalle Lowietje zette zijn glas neer.
'Is het zo druk aan de Kit, dat je een paar dagen niet kon komen?'
De Cock nam nog een slok van zijn cognac.
'Twee moorden op één dag is zelfs voor een oude rot in het vak een hele opgave.'
Smalle Lowietje schudde meewarig zijn hoofd.

‘Geen tijd voor mijn etablissement?’
De Cock lachte.
‘Je weet, Lowie,’ sprak hij grijnzend, ‘als ik de tijd heb en mijn droge keel mij waarschuwt, ontvlucht ik de Kit. En jouw etablissement vind ik zelfs met mijn ogen dicht. Ik ga gewoon op de lucht af.’
Smalle Lowietje prikte met zijn wijsvinger naar De Cock.
‘Ik hou je aan je woord.’
De oude rechercheur wreef even met zijn vlakke hand over zijn gezicht.
‘Zegt jou de naam Maurice Grotebroek iets?’
Smalle Lowietje grinnikte.
‘Die stomme junk? Gewoon knettergek. Ik heb hem al een paar maal uit mijn etablissement moeten jagen. Hij komt hier soms zomaar ’s avonds binnen en vraagt aan mijn gasten om geld voor drugs.’
‘Agressief?’
‘Niet tegen mij.’
‘Tegen anderen?’
Smalle Lowietje lichtte zijn smalle schouders.
‘Je weet van junks nooit precies hoe zij op situaties reageren. Als hun bloed om die rotzooi schreeuwt zijn ze tot alles in staat.’
‘Weet je verder nog iets van die vent?’
Smalle Lowietje schudde zijn hoofd.
‘Ik heb niet zoveel interesse in junks. Voor mij niet interessant.’ Hij zweeg even. ‘Heb jij hem nodig... is hij ergens bij betrokken?’
De Cock glimlachte.
‘Daar ben ik nog mee bezig,’ sprak hij ontwijkend.
De tengere caféhouder keek hem nadenkend aan.
‘Je zei, dat je twee moorden op één dag had?’
De Cock knikte.
‘Dat zei ik.’
‘Was daar ook de moord op die juridische adviseur bij?’
De Cock trok een denkrimpel in zijn voorhoofd.
‘Welke juridische adviseur?’

'Uit de Hartenstraat.'
De grijze speurder keek Lowie verwonderd aan.
'Hoe weet jij dat die man is vermoord? Het heeft nog in geen enkele krant gestaan.'
Smalle Lowietje antwoordde niet direct. Hij likte aan zijn lippen en blikte wat schichtig om zich heen. Hij stond in de buurt niet graag als verklikker te boek.
'In kringen van de penoze,' sprak hij fluisterend, 'is die moord het gesprek van de dag.'
De Cock keek de tengere caféhouder verwonderd aan. De opmerking verraste hem.
'Waarom?'
Smalle Lowietje boog zich nog verder naar hem toe.
'Sommige jongens van de penoze kwamen bijna dagelijks bij hem over de vloer. Dat simpele mannetje uit de Hartenstraat was een hele grote.'
'In welk opzicht?'
Smalle Lowietje gebaarde.
'In juridische adviezen. Dat mannetje had voor bijna elke zaak een passende oplossing. Hij kende ook alle advocaten en wist precies welke strafpleiter voor jou, in jouw situatie, de beste man was.'
De Cock glimlachte.
'Ben jij ook wel eens bij hem geweest?' vroeg hij; het was grappig bedoeld.
Lowietje knikte bedaard.
'Ik heb er veel baat bij gehad.' Hij schoof het lege glas van De Cock naar zich toe en schonk nog eens in. 'Maar ik hang jou niet aan je neus voor welke zaak dat was.'
De Cock pakte zijn glas op.
'Dat wil ik ook niet weten.' Hij zweeg even. Nadenkend. 'Hield dat juridische mannetje uit de Hartenstraat een administratie bij?'
'Vast wel.'
'Linke soep.'
De tengere caféhouder keek de oude speurder onderzoekend aan.

'Je bedoelt dat het juridische mannetje uit de Hartenstraat veel wist... veel wat voor sommige jongens uit de penoze best gevaarlijk kon zijn?'
De Cock maakte een grimas.
'Je geeft zelf het antwoord. Misschien is er wel een of andere getapte jongen uit de penoze die vond dat het gevaar te dichtbij kwam.'
Smalle Lowietje knikte begrijpend.
'En het mannetje voor eeuwig deed zwijgen?'
De Cock negeerde de vraag. Hij nam nog een slok van zijn cognac en leunde vertrouwelijk over de tapkast naar Smalle Lowietje.
'Er wordt ook gefluisterd,' sprak hij zacht, 'dat het mannetje uit de Hartenstraat vieze klusjes opknapte voor die vent van de Nassaukade, die groot is geworden met de handel in artikelen voor de vrijetijdsbesteding.'
Smalle Lowietje grijnsde.
'Charles de Rusconie.'
'Ken je die?' vroeg De Cock verrast.
De tengere caféhouder knikte.
'Al jaren. De Rusconie kwam ook wel eens hier in mijn etablissement.'
'Wat weet je van hem?'
Lowietje schoof met zijn duim over zijn gekromde wijsvinger.
'De man zit flink in de slappe was en hij is zo glad als een aal.'
De Cock keek Lowie schuins aan.
'Hij deugt niet?'
Smalle Lowietje grijnsde.
'Noem mij eens een brave en onkreukbare zakenman.'
'Wat weet je verder?'
'Charles de Rusconie is niet getrouwd, naar mijn weten ook nooit geweest. Hij komt al jaren zo om de week op bezoek bij Blonde Annie, een klein lief hoertje in de Dollebegijnensteeg.'
'Hij komt niet meer,' sprak De Cock.
Smalle Lowietje fronste zijn wenkbrauwen.
'Hij komt niet meer,' herhaalde hij niet-begrijpend. 'Waarom komt hij niet meer?'
'Hij werd vermoord.'

De mond van Smalle Lowietje zakte open.
'Vermoord?' vroeg hij verbijsterd.
De Cock keek hem schattend aan.
'Dat wist je niet?'
'Absoluut niet. Het is beslist nog niet tot de penoze doorgedrongen. Anders had ik het wel gehoord.'
De tengere caféhouder schudde zijn hoofd.
'We mogen,' sprak hij somber, 'Blonde Annie wel waarschuwen dat ze haar vette klantje kwijt is.'

Toen de rechercheurs met de warme gloed van twee cognackies in hun aderen het etablissement van Smalle Lowietje verlieten, was het al druk op de Wallen. Een gemêleerd leger van behoeftigen trok in trage tred langs etalages met lonkende hoertjes in een barmhartige roze belichting.
De Cock schoof de mouw van zijn regenjas iets terug en keek op zijn horloge.
'Het is net halftien.' In zijn stem trilde verbazing. 'En de parade is al in volle gang.'
Vledder glimlachte.
'Het komt door het zwoele weer van de laatste dagen. Dat maakt de mannen hongerig.'
'Je bedoelt hitsig.'
Vledder lachte.
'Ik hou het netjes.'
De Cock zwaaide om zich heen.
'Het lijkt of het seksbedrijf jaarlijks nog groeit. Er komen steeds meer hoerententen bij. Toen ik aan de Warmoesstraat begon, zat zo hier en daar een hoertje. Verder waren de huizen gewoon bewoond.'
Vledder snoof. De jonge rechercheur ergerde zich wanneer zijn oudere collega nostalgie bedreef.
'In de jaren dat jij aan de Warmoesstraat begon,' reageerde hij fel, 'had men nog nooit van junks gehoord en vreemdelingen waren toeristen.'
'En de misdaad stond op een laag pitje,' vulde De Cock aan.
Vledder zwaaide.

'Dan had jij ervoor moeten zorgen dat het pitje van de misdaad laag bleef.'
Toen ze nog steeds kibbelend de hal van het politiebureau in de Warmoesstraat binnenliepen, wenkte Jan Rozenbrand vanachter de balie met een kromme vinger naar De Cock.
De oude rechercheur liep op hem toe.
'Heb je mij iets prettigs te vertellen?' vroeg hij met een zoete ondertoon.
De wachtcommandant gromde.
'Iets prettigs kan je hier niet verwachten, dat weet je. Voor de balie aan de Warmoesstraat verschijnen alleen maar mensen met ellende.'
De Cock grinnikte.
'En voor hen straalt de wachtcommandant als een koesterend zonnetje.'
Jan Rozenbrand proefde de spot. Hij wees omhoog.
'Boven zit een vent op je te wachten.'
De Cock gniffelde.
'Met ellende?'
'De man zei dat hij jou verslag kwam uitbrengen.'
De Cock maakte een grimas.
'Ik weet niks van een verslag. Maar ik ga wel even naar hem kijken.' Hij wees gebiedend naar Jan Rozenbrand. 'Hou het voor de rest van de avond rustig. Ik wil vandaag wel eens op tijd naar huis,' verzuchtte hij.
De wachtcommandant keek hem nors aan.
'Ik kan je niets beloven.'
Opmerkelijk kwiek besteeg de oude rechercheur de trappen naar de tweede etage. Vledder volgde met luchtige tred.
Op de bank bij de toegangsdeur tot de grote recherchekamer zat een stevig gebouwde man. De Cock herkende de tentenspecialist Marinus Veldhuizen en herinnerde zich de afspraak die hij met de man en zijn echtgenote had gemaakt. De oude rechercheur ging hem voor naar de grote recherchekamer en liet hem op de stoel naast zijn bureau plaatsnemen.
'Ik had u nog niet zo snel verwacht,' opende hij.
Marinus Veldhuizen knikte.

'Mijn vrouw Mien en ik hadden niet zoveel tijd nodig om na te gaan met wie wij de afgelopen week in contact waren geweest. Zo'n druk bestaan hebben wij niet meer.'
De Cock glimlachte.
'Jullie zitten met z'n tweeën toch nog niet achter de geraniums?'
Veldhuizen schudde zijn hoofd.
'Maar sinds Charles de Rusconie mijn bedrijf heeft ingeslikt, hebben we toch niet zoveel meer om handen.'
De Cock keek hem schuins aan.
'Nog geen nieuw bedrijf gesticht?'
Veldhuizen trok een bedenkelijk gezicht.
'Dat stamp je niet zomaar uit de grond.' Hij pakte uit de binnenzak van zijn colbert een wat verkreukeld blocnotevelletje. Hij legde het op het bureau van De Cock en streek het met de rug van zijn hand glad. 'Ik heb feitelijk niet zoveel te melden.'
De Cock tuitte zijn lippen.
'Dat is jammer.'
Veldhuizen keek op het papiertje.
'Ik heb van de week met een paar van mijn vroegere werknemers gesproken. Ik heb hen gepolst over een eventuele doorstart van ons bedrijf.'
'En?'
'Er waren erbij die inmiddels alweer emplooi bij een andere tentenmakerij hadden gevonden.'
'Begrijpelijk.'
'Ik kan ze dat ook niet kwalijk nemen,' zei Veldhuizen.
De Cock boog zich iets naar hem toe.
'Heeft die vroegere juridische adviseur van Charles de Rusconie nog eens contact met u opgenomen?'
'Casper van de Broek?'
'Ja.'
Veldhuizen schudde zijn hoofd.
'Mien, mijn vrouw, vond het achteraf kwalijk dat wij u niets hadden verteld van hetgeen die Casper van de Broek ons van zijn privé-leven had verteld.'
De Cock trok een denkrimpel in zijn voorhoofd.

‘Privé-leven? Was hij zo vertrouwelijk met jullie?’
‘Nee, maar Casper van de Broek was echt helemaal in de war,’ sprak Veldhuizen ernstig. ‘De problemen, waarmee hij had te kampen, zaten hem blijkbaar zo hoog, dat hij er uit zichzelf over begon te praten. Vooral door de vragen die mijn vrouw hem stelde, kwam hij helemaal los.’
‘Die problemen waren?’
Marinus Veldhuizen zuchtte.
‘Casper van de Broek is een homo.’
De Cock knikte.
‘Dat was ons bekend.’
Veldhuizen leunde iets voorover.
‘Casper van de Broek heeft vele jaren een goede en betrouwbare vriend gehad. Een paar jaar geleden is hij verliefd geworden op ene...’ Hij raadpleegde zijn verfrommelde briefje. ‘Ene Maurice Grotebroek. Die raakte aan de drugs, bleef soms dagen zonder opgaaf van reden weg, kwam berooid en vervuild terug en dan had Van de Broek dagen nodig om hem weer een beetje op te knappen. Ook jatte die jongen voortdurend en dan moest...’
Om het verhaal in te korten onderbrak De Cock hem.
‘Casper van de Broek werd vermoord.’
Marinus Veldhuizen reageerde geschokt.
‘Vermoord?’
‘Ja.’
‘Heeft hij het toch gedaan.’
‘Wie?’
‘Die Maurice. Van de Broek was al bang dat het eens zou gebeuren.’
De Cock glimlachte.
‘Veel van hetgeen u ons vertelde, hadden wij reeds achterhaald. We hebben gesproken met de ex-vriend van Van de Broek, die wél betrouwbaar is.’
‘Die uit Parijs?’
‘Ja.’
‘Daar zou hij heen om een paar dagen bij te trekken.’
De Cock wees naar het blocnotevelletje.
‘Hebt u nog meer?’

Veldhuizen pakte het papiertje op en borg het terug in de binnenzak van zijn colbert.
'Ik heb het maar niet opgeschreven.'
'Wat.'
'Een klant van mij, die een tijd geleden een kwaliteitstentje van mij kocht, kwam twee nieuwe tentharingen bij mij ophalen.'
'Bij u thuis?'
'Ja.'
'Wanneer?'
'De dag dat ik Charles de Rusconie in zijn kantoor de huid vol schold.'
'Hoe heet die klant?'
'Van der Putten... Boris van der Putten.'

12

Nadat Marinus Veldhuizen wat aarzelend met zijn gekreukelde spiekbriefje de grote recherchekamer had verlaten, keek Vledder met een brede grijns op zijn gezicht naar De Cock.
'Boris van der Putten,' riep hij bijna juichend. 'Jij liet hem na het verhoor gaan. Jij zag geen enkele reden om hem vast te houden. Een omissie... een verzuim.'
Het klonk als een verwijt.
'Een proces-verbaal terzake een simpele stalking,' ging hij beschuldigend verder, 'gewoon naar de officier van justitie gezonden... meer zat er volgens jou niet in. En die officier van justitie, zo was jouw oordeel, zou beslist tot seponering van de zaak overgaan.'
De Cock luisterde geamuseerd toe.
'Het is beslist niet nodig,' reageerde hij kalm, 'dat jij op zo'n neerbuigende toon tegen mij tekeergaat. Dat is volkomen misplaatst.'
Vledder spreidde zijn armen.
'En die twee tentharingen dan! Die twee belastende tentharingen,' sprak hij gejaagd, 'die Boris van der Putten kort voor de moorden op De Rusconie en Van de Broek bij Marinus Veldhuizen kwam ophalen? Wat doe je met dat gegeven?'
De Cock gebaarde achteloos.
'Waar heb je een tentharing voor nodig? Om er een tent mee vast te zetten. Daar zijn die dingen voor.'
Vledder schudde zijn hoofd.
'Dat is geklets, De Cock,' reageerde hij fel. 'Er zijn met twee van die tentharingen twee moorden gepleegd en Boris had gedreigd De Rusconie te vermoorden als Charlotte van Hoogendoorn haar verhouding met hem niet verbrak.'
De Cock zuchtte.
'Dat hebben wij hem toch ten laste gelegd,' sprak hij docerend. 'Boris van der Putten ontkent die bedreiging niet. Die geeft hij

volmondig toe. Hij ontkent echter de moord te hebben gepleegd. Hij ontkent de uitvoering van de bedreiging die hij had geuit.'
De oude rechercheur maakte een grimas.
'En dat alles,' sprak hij op licht spottende toon, 'hebben wij samen als brave ambtenaren in een keurig proces-verbaal vastgelegd en zoals dat hoort aan de officier van justitie toegezonden.'
Vledder schudde opnieuw zijn hoofd.
'Toen wisten wij nog niet,' reageerde hij nadrukkelijk, 'dat Boris twee tentharingen bij Veldhuizen had opgehaald.'
De Cock maakte een berustend gebaar.
'Oké,' sprak hij toegevend. 'Wij sturen de officier van justitie een aanvullend proces-verbaal, waarin wij vermelden, dat ons is gebleken dat Boris van der Putten voordat de moorden waren gepleegd, in het bezit was van twee nieuwe tentharingen.'
Vledder brieste.
'Je spot met me!' riep hij nijdig. 'Waarom wil je in die Boris van der Putten geen redelijke verdachte zien?'
De blik van De Cock verhelderde. Hij stak de wijsvinger van zijn rechterhand op.
'Dat is een redelijke vraag,' antwoordde hij opgelucht. 'En het antwoord is heel simpel. De moorden op Charles de Rusconie en Casper van de Broek zijn door één en dezelfde man of vrouw gepleegd. Toegegeven... voor de moord op De Rusconie had Boris van der Putten een min of meer redelijk motief. Maar welk motief had hij voor de moord op Casper van de Broek? Hij zal van het bestaan van die man niet eens op de hoogte zijn geweest.'
Vledder staarde even voor zich uit en slaakte een overdreven zucht.
'Dat... eh, dat weet ik niet. Er is waarschijnlijk geen enkel motief.'
De Cock stak zijn handen vooruit.
'Wanneer ik Boris van der Putten niet onder verhoor had gekregen op het moment dat we nog onkundig waren van de moord op Casper van de Broek en de omstandigheden waaronder die moord werd gepleegd, dan had ik hem beslist heel wat strakker

aangepakt. Dan had ik hem zeker niet zonder overleg met de officier van justitie heengezonden.'
Vledder streek met zijn vlakke hand over zijn gezicht.
'Ik was in mijn enthousiasme weer eens een onnozele heethoofd.'
De Cock lachte.
'Zo zie ik je graag.'
Vledder schudde zijn hoofd.
'Feitelijk zijn we in ons onderzoek naar die twee moorden nog geen steek verder gekomen.'
De Cock tuitte zijn lippen.
'Ik begin wat meer belangstelling voor die Maurice Grotebroek te krijgen. Vooral door de verhalen van Smalle Lowietje en Marinus Veldhuizen.'
'Hoezo?'
'Het blijkt, dat Casper van de Broek zijn hand stevig op de knip hield en Maurice Grotebroek niet onvoorwaardelijk aan zijn verslaving liet toegeven.'
'Waaruit leid je dat af?'
'Je hebt het gehoord. In het etablissement van Smalle Lowietje kwam Maurice Grotebroek soms bedelend binnen. En dat zal hij ook wel in andere gelegenheden hebben gedaan. Ook bleef hij soms dagen zonder enige opgaaf van reden weg. De vernielingen die hij in de woning van Casper van de Broek aanrichtte en waarvan Samuel Plasmans getuige was, duiden toch op een ultieme woede-uitbarsting, een opgekropt onbehagen. Ze wijzen duidelijk op grote spanningen tussen hem en Casper van de Broek.'
Vledder knikte begrijpend.
'Spanningen,' verzuchtte hij, 'die makkelijk tot moord hebben kunnen leiden.'
'Absoluut.'
Vledder fronste zijn wenkbrauwen.
'Hoe... eh, hoe vinden we die Maurice Grotebroek nu hij door Samuel Plasmans uit de woning aan de Kromme Waal is verjaagd?'
De Cock grijnsde.

'De gebruikelijke weg. Op het hoofdbureau bij de Herkenningsdienst zullen ze wel een foto van hem hebben. Junks lopen nog wel eens tegen de lamp. Met die foto gaan we naar Hulp voor Onbehuisden, naar het Goodwill Centrum van het Leger des Heils. Er zijn tal van plekken waar junks zich ophouden.'
'Hebben we genoeg bewijzen tegen Grotebroek om hem vast te houden?' vroeg Vledder.
De Cock glimlachte.
'Ik verstuur beslist nog geen verzoek tot opsporing. Laten we eerst eens horen wat hij te zeggen heeft.'
Vledder keek op zijn horloge.
'Zullen we nu nog even op pad gaan?' vroeg hij vriendelijk. 'Het loopt tegen de tijd dat onbehuisden ergens een plekje voor de nacht zoeken.'
De Cock knikte.
'Ik deel jouw enthousiasme.'
Het klonk niet erg gemotiveerd.

Na een verkwikkende nachtrust kwam De Cock de volgende morgen in een uitstekend humeur de grote recherchekamer binnen. Zoals gebruikelijk zat Vledder achter het scherm van zijn computer en liet zijn vingers over het toetsenbord dansen. Toen De Cock tegenover hem ging zitten, liet hij zijn vingers even rusten en keek op naar de klok boven de deur.
'Je bent redelijk op tijd,' stelde hij vast.
De Cock lachte.
'Mijn vrouw had een afspraak met de tandarts. Vrij vroeg. We zijn samen van huis weggegaan en op de tram gestapt. Best gezellig.'
Vledder schoof het toetsenbord van de computer iets van zich af.
'Jammer dat onze zoektocht naar Maurice Grotebroek gisteravond niets opleverde.'
'Dat is jammer, ja.' De Cock knikte instemmend. 'Misschien is hij de stad uit. In het Goodwill Centrum van het Leger des Heils kende men hem wel. Hij had daar vaker een nachtje doorgebracht.'

'Wat nu? We kunnen toch moeilijk elke avond op pad gaan om hem te zoeken.'
De Cock schoof zijn onderlip iets naar voren.
'Voor een OAV hebben we te weinig bewijskracht. Een officieel verzoek tot Opsporing, Aanhouding en Voorgeleiding durf ik niet aan. Je zit dan algauw op de grens van een wederrechtelijke vrijheidsbeneming. We kunnen wel via de telex de opsporing van de verblijfplaats van hem verzoeken.'
Vledder glimlachte.
'Telex! De Cock, in welke tijd leef jij? Maar denk je dat zo'n verzoek om signalering wat oplevert?'
De Cock maakte een schouderbeweging.
'Soms. Ik heb wel eens het geluk gehad dat de man die ik zocht ergens een winkeldiefstal had gepleegd. De rechercheur die de diefstal behandelde, had mijn telex gelezen en belde mij op.'
'Een witte raaf.'
'Inderdaad.'
De telefoon op het bureau van De Cock rinkelde. Vledder boog zich ver naar voren, nam de hoorn op en luisterde. Na luttele seconden hield hij zijn hand voor het spreekgedeelte.
'Dit is de wachtcommandant. Beneden voor de balie staat een man die jou wil spreken. Hij vraagt naar rechercheur De Cock. Jan Rozenbrand heeft hem naar zijn naam gevraagd, maar hij vertikt die op te geven.'
De Cock wuifde met zijn hand naar zich toe.
'Laat maar boven komen.'
Vledder gaf het door en legde de hoorn op het toestel terug.
Na enkele minuten werd er op de deur van de grote recherchekamer geklopt en Vledder riep: 'Binnen.'
De deur ging open en in de deuropening verscheen een slonzig geklede man. De Cock schatte hem op achter in de twintig. Hij was ongeschoren en zijn donkere haar was warrig en ongekamd. Licht slingerend liep hij verder de recherchekamer in. Bij het bureau van de grijze speurder bleef hij staan.
'Er zijn gisteravond,' sprak hij wat bedremmeld, 'in de binnenstad twee rechercheurs op pad geweest en die hebben overal naar mij gevraagd. Ik wil dat niet. Ze moeten mij met rust laten.'

Vledder trok een lade van zijn bureau open en nam daaruit de foto die hij en De Cock de avond tevoren bij de Herkenningsdienst aan het hoofdbureau hadden opgehaald. De jonge rechercheur hield de foto omhoog.
'U bent Maurice Grotebroek,' riep hij vrolijk.
De man knikte.
'Goed geraden.' Hij liep op Vledder toe en probeerde de foto uit zijn hand te rukken. 'Ik wil niet,' schreeuwde hij, 'dat jij mijn portret aan iedereen laat zien!'
De Cock kwam tussenbeide. De oude rechercheur wees naar de stoel naast zijn bureau.
'Ga zitten,' sprak hij streng. 'Wij hebben gisteravond naar u gezocht omdat wij met u willen praten... rustig, heel ontspannen. Hebt u vanmorgen al wat gebruikt?'
Maurice plofte op de stoel neer en schudde zijn hoofd.
'Ik heb geen geld. Ik moet eerst scoren.'
'Waar hebt u vannacht geslapen?'
Maurice grinnikte.
'In de open laadbak van een vrachtwagen. Ik hoorde via de tamtam in de buurt dat rechercheurs van politie naar mij op zoek waren. Ik ben toen maar niet naar het Leger des Heils gestapt... bang dat ze me zouden oppakken.'
'Waarvoor?'
Maurice Grotebroek stak zijn handen in de lucht.
'Weet ik veel? Als ze bij de politie de pik op je hebben, dan verzinnen ze wel wat.' Hij wees naar Vledder. 'Die foto hebben ze ook zomaar van mij genomen.'
De Cock schudde zijn hoofd.
'De politie doet niet zomaar wat. Dat is onzin. We gaan niet voor niets naar u op zoek. Wij willen met u praten over de dood van uw vriend, Casper van de Broek.'
'Die klootzak heeft zich laten vermoorden,' sprak Maurice meewarig grijnzend.
'Hoe weet u dat?' vroeg De Cock quasi-verrast.
Maurice wuifde.
'Van de buren. Ik stond op een morgen bij hem voor de deur. Ik wilde wel weer eens een paar dagen rust... geen rotzooi gebrui-

ken. Ik belde. Hij deed niet open. Ik heb een sleutel en toen ben ik naar binnen gegaan. Casper was er niet. Zijn bed in de slaapkamer was ongebruikt. Ik ben toen bij de buren gaan vragen of zij wisten waar Casper was.'

'En?'

'Ze zeiden dat een dag tevoren mensen van de recherche in huis waren geweest en dat Casper met een ambulancewagen was afgevoerd.'

'Vermoord?'

Maurice Grotebroek knikte.

'Dat zeiden ze. Ze hadden met een vroegere vriend van Casper gesproken en die vertelde dat Casper in zijn woning dood was aangetroffen... vermoord.'

'Hoe was uw reactie?'

Maurice reageerde niet.

De Cock boog zich iets naar hem toe.

'Hoe was uw reactie?' vroeg hij dwingender.

Maurice zuchtte diep.

'Ik ben in het huis naar geld gaan zoeken,' sprak hij zacht. 'Geld voor coke. Ik dacht; als ik weer wat heb gesnoven, kan ik misschien helder denken wat mij na de dood van Casper te doen staat.'

'Was er geld?'

Maurice schudde zijn hoofd.

'Ik ben alles nagegaan. Geen stuiver gevonden. Wel vond ik in zijn secretaire een brief van een notaris, waarin iets stond over een testament ten name van een vriend, met wie Casper jaren heeft samengewoond.'

'Stond de naam van die vriend in die brief?'

'Samuel Plasmans.'

'Kent u die man?'

Maurice maakte een hulpeloos gebaar.

'Ik dacht dat Casper hem wel eens aan mij had voorgesteld... langgeleden. Maar daar herinner ik mij niets meer van.'

'Wat hebt u met die brief gedaan?'

Maurice haalde zijn neus op.

'Tot een prop in elkaar geknepen en weggegooid. Ik was des duivels. Casper had mij uitdrukkelijk beloofd dat hij al zijn bezittingen aan mij zou vermaken. Ik raakte in de war. Ik kon mij op dat moment echt niet meer bedwingen. Ik was woest, ik voelde mij door Casper bedrogen. Ik heb al zijn papieren, zijn correspondentie uit zijn secretaire getrokken en door de kamer geslingerd. Daarna ben ik naar de keuken gegaan en heb het porseleinen servies waarop Casper zo gesteld was uit woede uit de kast gehaald en ik was net bezig om het aan stukken te gooien toen die gorilla binnenkwam.'

De Cock trok zijn gezicht in diepe plooien.

'Gorilla?'

Maurice knikte.

'Een gorilla... een boom van een vent. Hij kwam op mij toe en een moment dacht ik dat hij mij ging vermoorden. In paniek ben ik het huis uit gerend.'

'En nadien niet meer teruggekomen?'

Maurice schudde zijn hoofd.

'Op de Kromme Waal ben ik niet meer geweest. Ik was bang om die gorilla daar nog eens aan te treffen.'

'Waar wel?'

'Wat bedoelt u?'

'Waar bent u wel geweest?'

Maurice Grotebroek zweeg en keek stuurs om zich heen.

De Cock toonde geduld. Eerst na een enkele minuten ging hij verder.

'Was u in de Hartenstraat?'

'Dat was een stomme actie,' het klonk deemoedig. 'Gewoon klote. Het kwam in mij op dat ik misschien het bedrijfje van Casper zou kunnen overnemen.'

'En?'

Om de mond en de stoppelige kaken van Maurice Grotebroek gleed een grijns.

'Die griet,' sprak hij hoofdschuddend, 'begon direct te dreigen dat ze rechercheur De Cock zou bellen.'

Hij keek even op, monsterde het gezicht van de oude rechercheur. 'En die vent,' sprak hij schamper, 'heb ik niet graag achter mij aan.'

De Cock lachte.

'Hoelang wilt u nog verslaafd blijven?'
Maurice trok zijn schouders op.
'Ik wil ervan af. Ik wil wel weer een baan, zoals bij Charles de Rusconie.'
'Procuratiehouder?'
Maurice knikte.
'Zoiets, ja.'
'Charles de Rusconie is ook vermoord.'
'Hij ook al?'
De Cock knikte.
Maurice schudde zijn hoofd.
'Dat verbaast mij niets. Het moest er eens van komen. Hij en Casper van de Broek vormden geen best koppel. Ze hebben samen vele kleine fabrikanten om zeep geholpen.' Hij glimlachte mat en opeens leek Maurice Grotebroek weer een knappe jongeman. 'Sommige moorden,' sprak hij somber, 'dragen sporen van gerechtigheid.'

Vledder keek De Cock hoofdknikkend aan.
'Het was een knap verhoor,' sprak hij bewonderend. 'Van een redeloze junk transformeerde je die Maurice Grotebroek tot een goed formulerende man, die soms zelfs blijk gaf van enige intelligentie. Ik ben het met je eens, dat je hem liet gaan. Zijn verhaal klonk geloofwaardig en heel aannemelijk. Ik hoop echt dat hij van zijn verslaving afkomt.'
De Cock zuchtte.
'Maar we zijn er geen steek verder mee gekomen.'
Vledder lachte.
'Jij laat toch de moed niet zakken?'
De Cock reageerde niet. De telefoon op zijn bureau rinkelde. Vledder greep de hoorn van het toestel.
De oude rechercheur zag hoe het gezicht van zijn jonge collega verbleekte. Na luttele seconden legde Vledder de hoorn op het toestel terug.
De Cock keek hem onderzoekend aan.
'Wie was het?'
Vledder ademde diep.

‘Samuel Plasmans. Hij staat in de Hartenstraat naast het lijk van Margje van Medemblik.’
De Cock kneep zijn ogen even stijf dicht.
‘Allemachtig.’

13

Op de houten steiger achter het politiebureau stapten de rechercheurs in hun oude Golf en reden via de Oudebrugsteeg naar het Damrak.
De Cock staarde met een bedrukt gezicht voor zich uit. De oude rechercheur had moeite om de dood van Margje van Medemblik te verwerken.
'Wat heeft het nu voor zin,' sprak hij triest, 'om zo'n knappe jonge vrouw van het leven te beroven? Welke idioot doet zoiets?'
Vledder blikte opzij.
'Misschien wel de vent die wij zojuist na zijn verhoor hebben heengezonden.'
De Cock schudde zijn hoofd.
'Dat is doemdenken,' reageerde hij geprikkeld. 'Daar doe ik niet aan mee.'
Vledder gebaarde voor zich uit.
'Maurice Grotebroek was al eens bij haar om haar te ontslaan en de administratie op te eisen.'
De Cock knikte.
'Daarover hebben we hem al verhoord en ook jij vond zijn uitleg acceptabel.' De oude rechercheur nam een kleine pauze.
'Ik wil eerst zien,' ging hij verder, 'op welke wijze Margje van Medemblik om zeep is geholpen... welk geweld de dader heeft gebruikt.'
Vledder sloeg met zijn vuist op de rand van zijn stuur.
'En wat doet die Samuel Plasmans,' riep hij grimmig, 'nu bij haar lijk? Wat heeft hij in de Hartenstraat te zoeken?'
De Cock gromde.
'Dat zullen we hem moeten vragen.'
Via de Nieuwezijds Voorburgwal en de Raadhuisstraat reden ze links de Herengracht op. Vledder vond nog een krap plekje voor de Golf aan de walkant tussen de bomen. Ze stapten uit en sjokten naar de Hartenstraat. Voorbij de winkelruit met *Casper*

van de Broek. Voor al uw juridische perikelen bleven ze even staan en inspecteerden de toegangsdeur. Die was gaaf. Er waren geen sporen van braak of verbreking te bekennen. De Cock voelde even aan de deurknop. De deur was niet op slot.
De oude rechercheur stapte naar binnen. Vledder volgde in zijn kielzog.
Binnen bleef De Cock verrast staan. Er was geen slachtoffer te zien. Aan het bureau achter de balie, op de stoel van Margje van Medemblik, zat met een bleek gezicht Samuel Plasmans.
De oude rechercheur liep op hem toe.
'Waar is ze?' vroeg hij verwonderd.
Samuel stond traag van de bureaustoel op. Hij wees naar een deur achter in de winkel.
'De... eh, de secretaresse van Casper,' begon hij hakkelend, 'woonde achter het kantoor. Ik wist dat nog van vroeger. Daar heb ik haar gevonden en onmiddellijk heb ik u gebeld. Omdat ik het gezelschap van de dode vrouw niet zo prettig vond, ben ik hier gaan zitten wachten.'
De Cock slenterde in de richting van de deur. Halverwege bleef hij staan, draaide zich om en wees naar Samuel.
'Ik wil dat u hier blijft tot we ons onderzoek hier ter plekke hebben afgerond.'
Plasmans knikte.
'Ik blijf,' reageerde hij gedwee.
De grijze speurder liep verder naar de deur. Die was niet geheel gesloten. Met zijn knie drukte hij de deur verder open en stapte de ruimte erachter binnen. Een enkele schemerlamp verlichtte het rechthoekige vertrek, dat als een soort zitslaapkamer was ingericht. Aan het einde van het vertrek was door een openstaande deur nog een kleine keuken zichtbaar.
Links tegen de muur stond een eenpersoonsbed. Ongeveer in het midden van het bed, met haar knieën op de vloer en haar bovenlichaam gebogen over het laken, lag Margje van Medemblik. Poedelnaakt. De Cock herkende haar alleen aan het kapsel van haar zwarte haren. Haar gezicht was niet te zien.
Haar neus, voorhoofd en wangen waren diep in het matras gedrukt.

Vledder kwam naast zijn leermeester staan.
'Is zij het?'
'Dat is wel zeker,' sprak De Cock bedaard. 'Als straks de fotograaf is geweest en zijn plaatjes heeft geschoten, tillen we haar hoofd even op. Dan kunnen we het zien. Dokter Den Koninghe zal haar toch ook in haar gezicht willen kijken.'
Vledder wees achter zich.
'Daar in die gebloemde fauteuil liggen haar kleren. Alles keurig netjes gedrapeerd. Het lijkt erop dat zij zichzelf in alle rust heeft uitgekleed. Haar beha en slipje liggen bovenop.'
De Cock knikte.
'Ik kijk zo wel even.'
De oude rechercheur bukte zich over de dode vrouw heen en inspecteerde de plek waar de tentharing de rug van het slachtoffer was binnengedrongen. Het was, zo constateerde hij, exact dezelfde plek als bij Charles de Rusconie en Casper van de Broek.
Hij stootte Vledder aan.
'Dezelfde dader als bij de vorige twee moorden. Dezelfde modus operandi.'
De jonge rechercheur zuchtte.
'Het motief? Daar begrijp ik niets van.'
De Cock schudde zijn hoofd.
'Ik ook niet.'
Hij draaide zich halfom.
'Waar liggen haar kleren?'
De jonge rechercheur ging zijn collega voor naar de gebloemde fauteuil.
De Cock bekeek de keurig op elkaar gestapelde kledingstukken. Vanaf de plek waar hij stond wees hij naar het slachtoffer.
'Hoe taxeer je deze situatie?'
Vledder keek hem niet-begrijpend aan.
'Wat bedoel je?
De Cock wees naar de vrouwelijke kledingstukken in de fauteuil en naar het naakte slachtoffer bij het bed met de priemende tentharing in haar rug.
'Wat maak je uit deze situatie op?'
Vledder maakte een schouderbeweging.

'Zeg het maar,' sprak hij ontwijkend.
De Cock zuchtte.
'Margje van Medemblik heeft zich in het bijzijn van de dader ontkleed.'
Vledder keek hem peinzend aan.
'Weet je dat zeker?'
'Vrijwel.'
'Dat duidt op een relatie,' reageerde de jonge rechercheur geschokt.
'Zeker,' antwoordde De Cock kort.
Vledder spreidde zijn handen.
'Kan de dader niet zijn binnengekomen op het moment dat zij naakt in bed wilde stappen?'
De Cock schudde traag zijn hoofd.
'In dat geval zou Margje van Medemblik toch hebben gereageerd. Ze zou zich hebben verzet en naar iets hebben gegrepen om haar naaktheid te verbergen. Daarvan blijkt niets. Er zijn ook geen sporen van een worsteling te vinden.'
Vledder liep terug naar het slachtoffer. De Cock volgde hem.
De jonge rechercheur wees naar de knielhouding van de dode vrouw.
'In die houding zat ik vroeger op mijn knieën voor mijn bed tijdens mijn avondgebedje. Dat had mijn lieve moeder mij geleerd.'
De Cock glimlachte.
'Was jij vroeger zo gelovig?'
Vledder knikte.
'Dat ben ik nog,' antwoordde hij overtuigend. 'Ik ga tijdens mijn gebed alleen niet meer door mijn knieën.'
De jonge rechercheur wees opnieuw naar het slachtoffer. 'Misschien was ze zo intens in gebed, dat ze het binnenkomen van de dader niet heeft gemerkt.'
'Kan dat?'
'Bidden is een zaak van overgave en verdieping,' zei Vledder.
De Cock trok een bedenkelijk gezicht.
'Dan zullen we moeten zien uit te vissen hoe gelovig Margje van Medemblik was en of het haar gewoonte was om elke dag voor het slapengaan te bidden... op haar knieën.'

Vledder grijnsde.
'En of het de gewoonte van Margje van Medemblik was om naakt te slapen.'
De Cock plukte aan het puntje van zijn neus.
'Dat vermoed ik wel. Ik heb nergens een pyjama of nachthemd gezien.'
De oude rechercheur wreef zich in zijn nek.
'Het meest aannemelijke scenario is dat Margje zich heeft ontkleed in het bijzijn van de man of vrouw die haar vermoordde. Op weg naar haar bed is zij door de dader gevolgd en op het moment dat zij in bed wilde stappen duwde hij of zij de tentharing in haar rug.'
Vledder schudde meewarig zijn hoofd.
'Die jonge vrouw,' sprak hij bewogen, 'moet de dader volkomen hebben vertrouwd en ze meende dat ze niets te duchten had van hem of haar.'
Hij zweeg enige tijd en overwoog de mogelijkheden in de momenten voor de moord.
'Misschien verkeerde ze wel in de blijde hoop dat de dader haar naar bed zou volgen?'
De Cock knikte traag.
'Daar heeft het veel van weg.'
Vledder gromde.
'Als de dader een man is... en daar geloof ik in... dan is het wel een hufter.'
De Cock zuchtte.
'We moeten hem zo snel mogelijk zien te ontmaskeren. Ik vind drie moorden wel genoeg.'
Vledder wees naar het slachtoffer.
'Vooral de moord op deze vrouw maakt iets in mij wakker. Een gevoel van wraak en wroeging.'
'Wroeging?'
Vledder knikte.
'Omdat we hem nog steeds niet hebben ontmaskerd. Het is zo duister als koffiedik.'
De Cock liep bij hem weg. Bij de deur van de zitslaapkamer draaide hij zich om.

'Ontvang jij straks de meute?'
Vledder keek hem vragend aan.
'Wat ga jij dan doen?'
De Cock duimde over zijn schouder.
'Ik heb nog wel een paar vragen. Ik neem Samuel Plasmans mee naar de Kit.'
'Waarom?'
'Om hem in alle rust te verhoren. Bovendien is dit opnieuw een unieke gelegenheid voor jou om te leren hoe je met de meute moet omspringen.'
Vledder fronste zijn wenkbrauwen.
'Ga je met de Golf?'
De Cock schudde zijn hoofd.
'Lopend. Die oude rammelkast mag jij besturen.'
Met opgetrokken wenkbrauwen keek Vledder de oude rechercheur na. 'Lopend,' mompelde hij.

Vanaf de Hartenstraat liepen De Cock en Samuel Plasmans naast elkaar via de Gasthuismolensteeg en de Paleisstraat naar de Dam. Het was er gezellig druk. Toeristen vergaapten zich aan het Paleis op de Dam en op de stoepen van het nationaal monument zaten jongeren koesterend in de zon. Via het Damrak en de Oudebrugsteeg bereikten zij de Warmoesstraat.
De Cock begeleidde Samuel Plasmans naar de grote recherchekamer op de tweede etage en liet hem daar op de stoel naast zijn bureau plaatsnemen. Hij wierp zijn oude hoedje missend naar de kapstok, raapte zijn hoofddeksel op en trok zijn regenjas uit. Daarna slenterde hij op zijn gemak naar zijn bureau.
'Vermoeid van de wandeling?' vroeg hij, terwijl hij zelf nog op adem moest komen.
Samuel Plasmans schudde zijn hoofd.
'In de binnenstad van Amsterdam doe ik alles lopend af. Een auto is geen optie. Je kunt hem toch nergens kwijt.'
De Cock grinnikte.
'Dat is waar. U bent ook wandelend naar de Hartenstraat gegaan?'
'Tweemaal.'

De Cock keek Plasmans niet-begrijpend aan.
'Waarom tweemaal?'
'De eerste keer vond ik de deur van het kantoor op slot en op mijn bellen aan de deur kwam geen reactie. Ik ben toen teruggegaan naar de Kromme Waal. In de secretaire van Casper had ik nog een sleutel van zijn kantoor in de Hartenstraat gevonden.'
'En daar bent u mee teruggegaan?'
Samuel gebaarde.
'Ik heb eerst nog even de telefoon gepakt om te proberen haar te bereiken.'
'Dat lukte niet?'
Samuel schudde zijn hoofd.
'Er werd niet opgenomen,' sprak hij somber. 'Ik moet u bekennen dat ik toen al een angstig voorgevoel kreeg... dat er iets met haar was gebeurd. Die tweede keer naar de Hartenstraat liep ik ook veel sneller.'
'En toen deed u uw gruwelijke vondst.'
'Ik was er kapot van. En dat ben ik nog. Margje van Medemblik was een betrouwbare meid. Ze heeft Casper altijd voortreffelijk ondersteund.'
De Cock keek Samuel scherp aan.
'Wat wilde u van haar?'
Samuel Plasmans zuchtte.
'Diezelfde betrouwbaarheid en ondersteuning.'
De Cock glimlachte.
'Dat vergt wel enige uitleg.'
Samuel bracht zijn gezicht in een ernstige plooi.
'Casper heeft zijn bezittingen aan mij overgedragen. Hij heeft alles aan mij vermaakt.'
De Cock keek hem onderzoekend aan.
'Hoe bent u daar achter gekomen?'
Samuel zwaaide.
'Bij zijn laatste bezoek aan het pand aan de Kromme Waal had Maurice Grotebroek er een enorme puinhoop van gemaakt. Alle bescheiden uit de secretaire van Casper had hij door de kamer geslingerd. Ik heb die bij elkaar gezocht. Ik vond ook een

verfrommelde brief van een notaris, waarin mijn naam werd genoemd.'
'En?'
'Ik ben naar die notaris gegaan, Van Houweningen, aan de Keizersgracht. Die bevestigde mij dat Casper van de Broek zijn oude testament had veranderd ten gunste van mij. Dat had hij geregeld ruim tien dagen voordat u zijn ontzielde lichaam in zijn woning ontdekte.'
'Wie was de vorige begunstigde?'
Samuel Plasmans grijnsde.
'Maurice Grotebroek.'
De Cock glimlachte.
'Weet u wie die brief van de notaris tot een prop heeft verfrommeld?'
Plasmans monsterde het gezicht van De Cock.
'Maurice Grotebroek?' vroeg hij aarzelend.
'Precies,' antwoordde De Cock.
Samuel Plasmans toonde een droeve grijns.
'Nu begrijp ik waarom Maurice Grotebroek zo tekeerging en in de keuken en zelfs het porseleinen servies van Caspers ouders vernietigde.'
De Cock leunde iets naar hem toe.
'Betrouwbaarheid en ondersteuning... dat zou Margje van Medemblik u hebben moeten schenken?'
De man knikte.
'Ik heb hier in Amsterdam rechten gestudeerd. Met die studie heb ik nooit iets gedaan. In Parijs handelde ik in antiek. Nu Casper mij zijn bezittingen heeft nagelaten, vond ik het passend om ook zijn kantoor in de Hartenstraat voort te zetten.'
De Cock glimlachte.
'Zijn "juridische perikelen"?'
'Ja.'
'Samen met Margje van Medemblik?'
Samuel Plasmans knikte.
'Inderdaad. Niet als ondergeschikte, niet in loondienst, maar als compagnon. Margje kent het klappen van de zweep. Ik dacht dat ik in deze branche meer van haar kon leren dan zij van mij.'

‘Vandaar dat compagnonschap?’
‘Precies.’
De Cock trok een dwarse denkrimpel in zijn voorhoofd.
‘Hebt u deze plannen met Margje van Medemblik al met iemand besproken?’
Samuel Plasmans keek hem verwonderd aan.
‘Ja.’
‘Met wie?’
‘Een vroegere cliënt van Casper bij de BV Vrijgevochten aan de Nassaukade in Amsterdam.’

14

De Cock keek toe hoe zijn jonge collega met een rechte rug en een verende tred de grote recherchekamer binnenstapte en op de stoel achter zijn bureau plaatsnam.
Het gedrag van de jonge rechercheur was anders. Het leek alsof een zelfbewuste Vledder niet gewoon ging zitten, maar bezit nam van zijn zetel. Om zijn lippen zweefde een hautain lachje.
De grijze speurder monsterde zijn gezicht.
'Hoe... eh, hoe was het?' vroeg hij aarzelend.
Vledder schudde zijn hoofd. Het hautaine lachje bleef.
'Geen problemen,' antwoordde hij vrolijk. 'Geen gezeur. Alles vast in de hand. Bram van Wielingen, de fotograaf, had geen op- of aanmerkingen over het tijdstip waarop hij moest komen opdraven.'
De Cock lachte.
'Daar had Bram ook geen enkele reden toe. Het was midden op de dag. Van Wielingen wordt alleen narrig als je hem 's nachts uit bed belt.'
Vledder rechtte zijn rug.
'Hij heeft op mijn verzoek ook het gezicht van Margje van Medemblik een paar maal gefotografeerd toen ik haar hoofd even van het matras tilde. Ik vond dat nodig, omdat de twee mannen die haar hadden kunnen identificeren, waren verdwenen.'
De Cock keek hem verward aan.
'Welke twee mannen?'
Over het gezicht van de jonge rechercheur gleed een grijns.
'Jij en Samuel Plasmans.'
De Cock sloeg zijn rechterhand voor zijn mond.
'Je hebt gelijk,' reageerde hij beschaamd. 'Het was stom. Ik had niet met Plasmans weg mogen gaan voor we haar gezicht hadden gezien.'
Vledder genoot in stilte van zijn succes.

'Ik heb Bram,' ging hij rustig verder, 'ook haar kleren in de fauteuil laten fotografen. Daarna heb ik plaatjes laten maken van elk kledingstuk apart... compleet met slipje en beha.'
'Vond je nog bijzonderheden?'
Vledder schudde zijn hoofd.
'Alle kledingstukken waren puntgaaf. Geen scheuren, geen vlekken. Margje heeft zich rustig ontkleed en haar kledingstukken netjes weggelegd. Tot een andere conclusie kan je niet komen.'
'Wat zei dokter Den Koninghe?'
Vledder glimlachte.
'Hij vroeg onmiddellijk naar jou. Hij heeft met mij geloof ik niet zoveel op.'
De Cock lachte.
'We kennen elkaar al zoveel jaren. We hebben samen al over zoveel lijken gebogen gestaan. Dat schept een band. Had hij nog dezelfde rituelen?'
Vledder knikte.
'Hij heeft het lijk van Margje bekeken en bevoeld. Hij wilde ook zien hoe diep de tapijtindrukken waren in de huid van haar knieën. Dat zorgde met die tentharing in haar rug voor nogal wat problemen. Met behulp van de potige broeders van de Geneeskundige Dienst hebben we het lichaam van Margje van Medemblik helemaal omhoog moeten tillen voor dat de lijkschouwer haar knieën kon bekijken.'
De Cock knikte begrijpend.
'Tijdstip van overlijden?'
Vledder trok een bedenkelijk gezicht.
'Dokter Den Koninghe heeft daar, naar mijn gevoel, veel meer aandacht aan geschonken dan normaal. Hij heeft zijn ziekenhuisbrilletje zelfs tweemaal met zijn pochet schoongemaakt voor hij daar wat over zei.'
'En?'
'Gezien de temperatuur van het lichaam en de mate van lijkstijfheid, was zijn oordeel dat ze midden in de nacht moet zijn gedood.'
De Cock snoof.

'Een vreemde gedachte, vind je niet,' verzuchtte Vledder. 'Wie weet was haar moordenaar nog wel in de buurt van de Hartenstraat toen Samuel Plasmans bij haar aan de deur kwam.'
'Hij kwam tweemaal bij haar aan de deur.'
'Tweemaal?'
De Cock knikte.
'De eerste keer vond hij haar deur op slot en op zijn bellen werd niet gereageerd. Hij is toen teruggegaan naar de Kromme Waal. Daar wist hij nog een sleutel van het kantoor in de Hartenstraat, de kantoorsleutel van Casper van de Broek.'
Vledder knikte begrijpend.
'Toen kon hij naar binnen en vond hij haar.'
'Precies.'
'Waarom ging hij naar haar toe? Wat wilde Samuel Plasmans van Margje van Medemblik?'
'Een compagnonschap.'
'Een wat?'
De Cock lachte.
'Een compagnonschap. Hij wilde met Margje, niet als ondergeschikte, niet in loondienst, maar als vennoot het kantoor van wijlen Casper van de Broek voortzetten. Als erfgenaam van de bezittingen van de man met wie hij jaren had samengeleefd, vond hij dat een zinvolle gedachte.'
'En nu?'
'Wat bedoel je?'
'Margje is dood.'
'Over zijn verdere plannen met het kantoor voor juridische perikelen hebben we niet gesproken,' zei De Cock.
'Je hebt hem na het verhoor gewoon laten gaan?' vroeg Vledder.
De Cock zweeg. Ineens schoot hem iets in gedachten.
'De broeders van de Geneeskundige Dienst hebben het lichaam van Margje toch liggend op haar buik afgevoerd?'
Vledder knikte.
'Met het laken over de tentharing als een tentje op haar rug.'

De Cock had moeie voeten.
Het was er ineens, onaangekondigd. Het was als een plotseling onweer bij een heldere hemel. Hij leunde achterover en legde zijn voeten op een hoek van zijn bureau. Met een van pijn vertrokken gezicht bevoelde hij zijn kuiten. Het was alsof geniepige kleine duiveltjes uit pure boosheid met duizend spelden in zijn kuiten prikten. Hij kende de pijn die uit de holten van zijn voeten kwam, langs zijn hielen omhoogtrok en zich vastzette in zijn kuiten. Hij wist ook wat die pijn betekende. Telkens als de zaken slecht verliepen, als zijn onderzoeken dreigden te verzanden en als hij het machteloze gevoel had volkomen in het duister te tasten, gaven de helse duiveltjes acte de présence.
Vledder keek hem bezorgd aan.
'Is het weer zover?'
De Cock knikte en sloot zijn ogen. Enkele minuten bleef hij zo zitten, bewegingloos en geconcentreerd. Zijn markante gezicht leek een stalen masker. Om de pijn te verdrijven zette hij zijn tanden in zijn onderlip.
'Het gaat wel weer over,' sprak hij mat. 'Die helse pijn is nog wel te verdragen, maar de wetenschap dat wij na drie moorden en dagen van intensief speuren in feite nog geen stap verder zijn gekomen met ons onderzoek, bezorgt mij een angstig voorgevoel.'
Vledder keek zijn oude collega met een blik vol ongeloof aan.
'Je denkt dat we er niet uitkomen en dat wij de moordenaar nooit zullen vatten?'
De Cock keek hem aan.
'Dat kan toch,' reageerde hij kalm. 'Hoeveel moorden blijven niet onopgelost?'
Vledder schudde resoluut zijn hoofd.
'Niet bij ons,' sprak hij ferm. 'Wij zijn er samen nog altijd uitgekomen.'
Op het gezicht van De Cock brak een glimlach door.
'Misschien is het bijgeloof.'
'Wat?'
'Dat mijn moeie voeten iets met de stand van ons onderzoek te maken hebben.'
Vledder lachte bevrijd.

'Vast.'
De Cock streek nog eens over zijn kuiten.
'Ik moet je mijn compliment maken. Je hebt je op de peedee* in de Hartenstraat goed geweerd.'
Vledder glimlachte.
'Ik heb toch liever dat jij er bij bent. Ik ben altijd bang dat ik foutjes maak of iets vergeet.'
De Cock tuitte zijn lippen.
'Ik ken rechercheurs die in hun notitieboekje een waslijst van aantekeningen hebben staan... dingen, waarop ze moeten letten... zaken die ze beslist niet mogen vergeten. En ook die maken foutjes. Maar wie niet in staat is om een fout te maken, is tot niets in staat.'
'Een kreet van je oude moeder?'
De Cock schudde zijn hoofd.
'Abraham Lincoln.'
Vledder gebaarde in de richting van De Cock.
'Jij beschikt als oudere rechercheur toch over een enorme ervaring.'
De grijze speurder grijnsde.
'Diezelfde Abraham Lincoln zei ook: ervaring is eenvoudig de naam die wij aan de som van onze fouten geven. Ergo, hoe meer fouten, hoe groter de ervaring.'
Vledder lachte.
'Die zal ik onthouden.'
De Cock reageerde niet. Hij tilde omzichtig zijn benen van het bureau. De pijn in zijn kuiten trok langzaam weg. Hij wees naar Vledder.
'Kijk eerst in het telefoonboek van Amsterdam of daarin de naam Van Medemblik voorkomt. Probeer familieleden van Margje te achterhalen. Bel straks eens met het bevolkingsregister en de burgerlijke stand.'
De oude rechercheur maakte een kriegelig gebaar.
'We weten nog niets van die vrouw. Was ze getrouwd, had ze relaties met mannen, was ze ergens lid van, leidde ze een turbulent leven?'

* Peedee: plaats delict.

Vledder stak zijn wijsvinger omhoog.
'Was zij een gelovige vrouw en hoe beleed ze dat geloof? Was ze een trouwe kerkgangster? Kunnen we nog informatie putten uit geloofskringen van haar?'
De Cock schudde zijn hoofd.
'Gezien de wijze waarop ze werd vermoord, moeten we haar toch plaatsen in de kring van de slachtoffers: Charles de Rusconie en Casper van de Broek.'
'Hoe?'
De Cock zuchtte diep.
'Dat is het. Hoe? Hoe past Margje van Medemblik in de moorden op Charles de Rusconie en Casper van de Broek. Wat is het motief?'
De oude rechercheur stond van zijn stoel op en begon door de grote recherchekamer te ijsberen. Dat deed hij vaker. Wanneer zijn hersenen in normale denkpatronen niet tot een sluitende oplossing konden komen, stond hij op om te stappen.
In het slepende ritme van zijn tred lieten zijn gedachten zich gemakkelijker ordenen. Zo verdween de warboel van alle indrukken die op hem hadden ingewerkt in de korte tijd dat ze met deze zaak bezig waren. Hij hoopte dat in de rommelige zolderkamer van zijn geheugen ergens een daad, een uitspraak of een opmerking zou gaan opgloeien, die hem de weg zou wijzen naar de waarheid... naar het hoe en waarom van het handelen van de mensen met wie hij in deze zaak in aanraking was gekomen.
Bij het bureau van Vledder bleef hij staan.
'Ga naar huis, Dick.'
De jonge rechercheur keek hem verwonderd aan.
'Waarom?'
De Cock gebaarde naar de telefoon.
'Voor jij van de peedee terugkwam, werd ik gebeld door jouw Adelheid. Ze mocht van haar chef vroeger naar huis. De zaak waaraan zij lange dagen had meegewerkt, was tot een goed einde gekomen.'
De oude rechercheur zweeg even.
'Bovendien... Adelheid is jarig.'

Vledder kneep zijn ogen dicht, haalde eenmaal hoorbaar diep adem en sloeg met zijn vlakke hand tegen zijn voorhoofd.
'Dat is waar! Was ik glad vergeten.'
De Cock schudde zijn hoofd.
'Relaties moet je koesteren. Vooral wanneer die relatie een vrouw is. Die zijn gevoelig voor attenties. Koop iets voor haar en toon je vreugde over het feit dat ze bereid was om weer een jaar aan jouw zijde te blijven.'
Vledder stond op.
'En wat doe jij?'
De Cock streek met zijn pink over de rug van zijn neus.
'Ik breng nog een bezoek aan de dartele weduwe. Ik heb het gevoel dat het drama bij haar begon.'

15

Toen De Cock de volgende morgen redelijk op tijd de grote recherchekamer binnenstapte, vond hij Vledder, zoals gebruikelijk, achter zijn computer. De jonge rechercheur keek eerst op toen De Cock tegenover hem aan zijn bureau ging zitten.
'Bedankt,' sprak hij knikkend, 'dat je mij gisteren naar huis stuurde op de verjaardag van Adelheid. Anders had ik haar verjaardag zeker vergeten. Ik heb nu kans gezien om een mooie halsketting voor haar te kopen. Ze was er erg blij mee. Adelheid heeft gisteravond thuis fantastisch gekookt. Een koningsmaal. We hebben heerlijk gegeten en verder de avond heel prettig haar verjaardag gevierd.'
De jonge rechercheur grinnikte.
'En dan nog iets... we gaan trouwen.'
De Cock lachte.
'Eindelijk. Wanneer?'
'Nog dit jaar. We hebben besloten dat in ons huwelijk alleen de liefde voor elkaar ons gedrag zal bepalen.'
De Cock knikte instemmend.
'Dat lijkt mij een zeer goede basis. Een heel wijs besluit.' De oude rechercheur veranderde van toon.
'De liefde,' declameerde hij, 'is lankmoedig, zij is niet afgunstig, zij handelt niet lichtvaardig. De liefde zoekt zichzelve niet, zij wordt niet verbitterd en zij denkt geen kwaad.'
Vledder keek zijn oude mentor verrast aan.
'Nog een paar kreten van je oude moeder?'
De Cock schudde zijn hoofd.
'Mijn oude moeder gebruikte ze wel. Veelvuldig. Daarom heb ik ze ook zo goed onthouden. Later heeft zich bij mij de boze gedachte ontwikkeld, dat ze daarmee bij ons kinderen alleen de moederliefde wat wilde opvijzelen.'
'Waar komen die kreten vandaan?'
De Cock gebaarde.

'Zo worden in de bijbel de kernpunten van de liefde omschreven. Er staat ook: geloof, hoop en liefde, doch de meeste van deze is de liefde. Als bindmiddel tussen mensen straalt de liefde dus boven het geloof. En dat is toch opmerkelijk voor een bijbelwoord.'
Vledder veranderde van onderwerp.
'Hoe ben je gisteren bij onze dartele weduwe gevaren? Heeft het nog iets opgeleverd?'
'Het was een goed gesprek,' antwoordde De Cock ontwijkend.
Vledder boog zich iets naar voren.
'Ik vroeg of het iets heeft opgeleverd. Zijn er nieuwe gezichtspunten naar voren gekomen?'
De Cock glimlachte.
'Niet bij onze dartele weduwe. Boris van der Putten had gelijk. Charlotte van Hoogendoorn is alleen op jacht naar het grote geld. Een andere interesse kent ze niet.'
Vledder keek hem schattend aan.
'Bij wie zijn dan wel nieuwe gezichtspunten naar voren gekomen?'
'Bij mij.'
'Bij jou?'
De Cock knikte.
'Ik wil je nog niets ontvouwen. Ik weet nog niet helemaal zeker of ik het bij het rechte eind heb. Bovendien wil ik een blamage voorkomen.'
De oude rechercheur nam een kleine pauze.
'Ik heb gisteravond ook nog een bezoek gebracht aan Samuel Plasmans. Hij was gelukkig bereid om zijn medewerking te verlenen.'
'Waarmee?'
'Ik heb uitgebreid gesproken met een paar leden van onze technische dienst. Verder heb ik nog contact gehad met onze collega's Appie Keizer en Fred Prins.'
Vledders ogen begonnen te glinsteren.
'We gaan een actie ondernemen,' jubelde hij.
De Cock blikte naar de grote klok boven de toegangsdeur van de grote recherchekamer en gaf antwoord.
'Over een uurtje gaan we naar de Kromme Waal nummer 1120.'

'Het pand van wijlen Casper van de Broek.'
'Precies,' zei De Cock.
'Wat gaan we daar doen?'
De Cock zette even zijn tanden op zijn onderlip.
'Wachten op de komst van de man die Charles de Rusconie, Casper van de Broek en onze lieve Margje van Medemblik vermoordde.'

Vledder keek de kamer rond. Hij herinnerde zich het vertrek nog uit zijn onderzoek inzake de moord op Casper van de Broek. In een van de fauteuils zat Samuel Plasmans... stijf rechtop en keurig gekleed in een donkerblauw kostuum met een rode stropdas. Zijn gezicht zag bleek.
De Cock liep op hem toe.
'Hoe voelt u zich?'
Plasmans wees naar zijn nek.
'Die stalen plaat op mijn rug belemmert mijn bewegingsvrijheid.'
De Cock knikte begrijpend.
'Dat is voor de zekerheid. U behoeft niet op te staan. Als er iemand binnenkomt, blijft u gewoon zitten. Wij zijn dicht in de buurt.'
Plasmans duimde over zijn schouder.
'Ze hebben die kast vanmorgen gebracht.'
Vledder reageerde onmiddellijk.
'Wat is dat voor een kast?
De Cock gebaarde.
'Daar gaan wij straks met ons tweeën in zitten. Er zijn kijkgaatjes en de deuren hebben een bijzondere constructie. Wanneer wij er aan de binnenkant tegen drukken, vallen de deuren naar voren open. Ze komen bijna plat op de vloer te liggen, zodat wij onmiddellijk kunnen toeslaan.'

Het was aardedonker in de observatiekast. Door de kleine kijkgaten was de omgeving van de plek waar Samuel Plasmans zat, goed te zien.
De Cock scheen met zijn zaklantaarn even op zijn polshorloge. Er restten nog vijf minuten voor het moment van de afspraak. De oude rechercheur voelde hoe de spanning bezit van hem

nam en de druk in zijn aderen opzwiepte. Hij hoopte vurig dat alles zou verlopen zoals hij zich dat had voorgesteld. Maar hij was er niet geheel gerust op.
Hij keek nog eens op zijn horloge. De seconden vergleden traag.
De melodie van zijn mobieltje klonk. Het was Appie Keizer die zich meldde.
'Er stopt hier aan de walkant een rode stationwagon... een Peugeot. Ik zal het kenteken noteren. Er stapt een betrekkelijk jonge man uit. Jammer dat we geen foto hebben. Hij gaat bij jullie naar binnen. Hij heeft een fles in zijn hand.'
Appie Keizer zweeg.
De Cock ademde diep. Het pulseren van zijn hart tintelde tot in de toppen van zijn vingers.
'We moeten hem al snel in het zicht krijgen.'
'Wanneer grijpen we hem?' vroeg Vledder.
'Laat hem rustig binnenkomen. Hij zal niet onmiddellijk toeslaan, maar zijn tijd en de gelegenheid afwachten.'
Er kwam een jongeman in hun gezichtsveld. Zijn gelaatstrekken waren moeilijk te onderscheiden. Hij liep op Samuel Plasmans af en zette een fles naast hem op de ronde tafel.
'Ik heb maar een fles champagne meegenomen,' sprak hij vriendelijk, 'in de overtuiging dat wij samen snel tot een overeenkomst zullen...'
De Cock stootte Vledder aan.
'Nu... dit is genoeg.'
De deuren van de observatiekast klapten naar beneden.
De man reageerde bliksemsnel. Hij draaide zich om en rende het vertrek uit. Vledder volgde hem op enkele meters. Buiten liep de man Appie Keizer omver, maar werd onmiddellijk daarna op weg naar zijn wagen door Fred Prins getackeld. De potige jonge rechercheur dook boven op de man en hield hem in bedwang.
Vledder hurkte bij de man neer en trok zijn gezicht naar zich toe. Verbaasd staarde hij omhoog naar De Cock, die inmiddels naderbij was gekomen.
'Het is André van Giesbeek.'
In zijn stem trilde verbazing.
De Cock knikte. 'De nieuwe leider van de BV Vrijgevochten.'

16

Na het bellen deed De Cock de deur van zijn woning open. Op de stoep stonden Vledder en Adelheid. De jonge rechercheur lachte wat verlegen.
'Ik heb Adelheid meegenomen. Wij hebben samen besloten om jou iets te vragen.'
De Cock lachte.
'Vragen staat vrij.'
Met een bos rode rozen op haar arm, nam Adelheid het woord.
'Dick heeft het jou al verteld,' sprak ze zangerig, 'wij zijn van plan om binnenkort te trouwen. Wilt u getuige zijn van ons huwelijk?'
De Cock spreidde zijn handen.
'Dat is geen vraag maar een compliment!' riep hij enthousiast. 'Ik beschouw het als een eer om jullie getuige te mogen zijn.'
Hij deed een stap opzij.
'Kom erin.'
'Zijn de anderen er al?' vroeg Vledder.
De Cock knikte.
'Appie Keizer en Fred Prins zitten bij mijn vrouw en hebben het hoogste woord.' De oude rechercheur grinnikte. 'Zet twee politiemensen bij elkaar en je hebt voldoende stof voor een roman.'
Ze liepen de woonkamer binnen. Mevrouw De Cock kwam naar ze toe en schudde Vledder en Adelheid ter begroeting de hand. Met een gebaar van verrukking nam ze de rozen in ontvangst. Daarna wuifde ze uitnodigend naar twee diepe lederen fauteuils.
'Ga zitten,' riep ze hartelijk. 'Ik hoef jullie niet aan de anderen voor te stellen.'
Vledder lachte.
'Dat geboefte ken ik al jaren.'
De Cock vatte de fles fijne cognac Napoleon, die hij speciaal voor dergelijke gelegenheden in voorraad hield, en vulde ruim

de bodem van diepbolle, voorverwarmde glazen. Hij reikte die zijn vrienden aan. Daarna hield hij zijn glas omhoog.
'Op onze botte werkgever,' toostte hij lachend.
Appie Keizer keek hem aan.
'Wie is dat?'
'De misdaad. Daar danken wij alles aan. Zonder de misdaad hadden wij geen emplooi.'
Nadat ze allen een slok hadden genomen, keek Fred Prins de oude rechercheur onderzoekend aan.
'Als die vent Appie niet omver had gekegeld, had ik niet geweten wie ik had moeten pakken.'
De Cock maakte een verontschuldigend gebaar.
'Het was beslist beter geweest om eerst een foto van die André van Giesbeek te bemachtigen, maar ik wilde met mijn actie niet langer wachten.'
Fred Prins gniffelde.
'Ik heb wel de juiste man gepakt?'
De Cock stelde hem gerust.
'Ik heb hem vanmorgen verhoord. Het was niet moeilijk. Het feit dat hij bereid was om met Samuel Plasmans een overeenkomst aan te gaan, was voor mij en blijkbaar ook voor hem voldoende. André van Giesbeek heeft de drie moorden bekend.'
Fred Prins reageerde verrast.
'Drie?'
De Cock knikte.
'Twee mannen en een jonge vrouw.'
'Waarom?'
De Cock ademde diep.
'Een goede vraag, een vraag die mij al een paar dagen kwelt: wat is het motief?'
Vledder boog zich iets naar voren.
'Hoe ben je op het motief gekomen?'
De Cock ploegde een denkrimpel in zijn voorhoofd.
'Feitelijk door de woede van Maurice Grotebroek, toen die erachter kwam dat Casper van de Broek zijn testament had veranderd ten gunste van Samuel Plasmans.'
Vledder schudde zijn hoofd.

'Dat snap ik niet.'
De Cock glimlachte.
'Laten we voor de mensen die ons onderzoek niet hebben gevolgd, de situatie schetsen bij het begin van dit drama... de uitgangspositie.'
'Anders begrijpen we er niets van,' zei Adelheid.
De Cock schoof zijn glas iets van zich af.
'Een handige zakenman,' begon hij, 'bij name Charles de Rusconie, stort zich in de branche van artikelen voor vrijetijdsbesteding... tenten, caravans, campers en alles wat daar zo bij hoort. Dat is, zo heb ik inmiddels ervaren, een machtige handel. Met de hulp van zijn juridisch adviseur, Casper van de Broek, neemt Charles de Rusconie, vaak op louche wijze, kleinere ondernemingen over en wordt groot en rijk. Charles de Rusconie is nooit getrouwd. Hij gunde zich daar de tijd niet voor. Hij had geen nakomelingen. Hij was wel een man die zijn personeel goed behandelde. Als hij zich zo rond zijn zestigste uit de zaken terugtrekt, maakt hij een testament ten gunste van zijn zaakwaarnemer André van Giesbeek, een man die al jaren bij hem in dienst is en die hij volkomen vertrouwt.'
De Cock pauzeerde even en nam een slok van zijn cognac.
'Dan verschijnt de dartele weduwe.'
Fred Prins lachte.
'Wie is dat?'
De ogen van De Cock lichtten op.
'Een bijzonder aantrekkelijke vrouw, Charlotte van Hoogendoorn, beslist een schoonheid. Ze had al eens een veel oudere, maar rijke man getrouwd. De oude man was gestorven en de weduwe ging dartel op zoek naar opnieuw een veel oudere, maar beslist rijke man. Dat werd de rijke, ongehuwde Charles de Rusconie.'
Appie Keizer grijnsde.
'De start van het drama?'
De Cock schudde zijn hoofd.
'De prelude. Charles de Rusconie werd stapelverliefd op de knappe weduwe. Hij vertelde haar dat hij bij testament had laten bepalen dat zijn vermogen bij zijn dood bij de nieuwe leider

van zijn bedrijf terecht zou komen. Maar, zo zei hij, als Charlotte van Hoogendoorn bereid was om met hem te trouwen, dan zou hij zijn testament ten gunste van haar laten veranderen. De dartele weduwe hapte onmiddellijk en Charles de Rusconie gaf zijn juridisch adviseur de opdracht de tekst van zijn testament te veranderen.'

Appie Keizer interrumpeerde het betoog van De Cock..

'Dat was de start?'

De Cock knikte.

'Wat Casper van de Broek vermoedelijk niet wist, was dat zijn secretaresse Margje van Medemblik al jaren heimelijk een latrelatie onderhield met André van Giesbeek. Toen die van haar hoorde wat er stond te gebeuren, besloot hij razendsnel te handelen. Hij had al geruime tijd, mede door toedoen van zijn Margje, de sleutel van de huizen van beide mannen en kon zonder enige belemmering bij hen binnenkomen. Op één wilde avond vermoordde hij Charles de Rusconie én Casper van de Broek.'

De Cock nam opnieuw een kleine pauze.

Vledder keek hem niet-begrijpend aan.

'Waarom vermoordde hij dan Margje van Medemblik?'

De Cock liet zijn hoofd iets zakken. Toen hij weer opkeek, gleed een glimlach om zijn lippen.

'De dartele weduwe. Charles de Rusconie was dood. Of hij inderdaad ten gunste van haar een testament had gemaakt, wist zij niet. Ze begreep deksels goed waar het geld naartoe zou gaan als dat testament ten gunste van haar er niet was.'

Vledder knikte.

'André van Giesbeek.'

'Dus?'

'Probeerde zij hem in te palmen.'

De Cock zuchtte.

'Hoe Margje achter die affaire kwam, weet ik niet. Ik vermoed dat iemand van de BV Vrijgevochten haar heeft getipt. Ze gaf André van Giesbeek te verstaan dat zij in het bezit was van de laatste wilsbeschikking van Charles de Rusconie en dat zij die openbaar zou maken wanneer André van Giesbeek zijn relatie met de dartele weduwe niet verbrak.'

Vledder schudde triest zijn hoofd.
'Het was haar doodvonnis,' sprak hij somber.
De Cock trok droeve rimpels in zijn gezicht.
'Hij ging naar haar toe, veinsde dat alles tussen hem en haar weer goed was en kort voor het geplande liefdesspel vermoordde hij haar.'
'De schoft.'
'Inderdaad... een schoft.'
Vledder gebaarde in zijn richting.
'Hoe kreeg je hem zover dat hij naar het pand aan de Kromme Waal kwam?'
De Cock glimlachte.
'Ik liet Samuel Plasmans contact met hem opnemen. Op mijn verzoek vertelde Plasmans hem, een leugen natuurlijk, dat hij tussen de bescheiden van zijn vermoorde vriend Casper een getekende wilsbeschikking van Charles de Rusconie had gevonden en dat hij bereid was die wilsbeschikking aan hem te verkopen voor zo rond de driehonderdduizend euro.'
Vledder keek zijn leermeester aan.
'Soms ben jij ook een schoft.'
De Cock schudde zijn hoofd.
'Een vermoeide oude rechercheur.'
De grijze speurder stond op. Hij strekte even zijn rug, ging weer zitten en schonk nog eens in. Het gesprek werd algemener.
Mevrouw De Cock kwam uit de keuken met schalen vol lekkernijen en liep presenterend rond.

Het was al vrij laat toen de laatste gasten vertrokken. De Cock liet zich onderuitzakken in zijn fauteuil en nam nog een laatste glas. Zijn vrouw schoof een poef bij en ging pal voor hem zitten.
'Vind jij die dartele weduwe in deze zaak niet net zo schuldig als André van Giesbeek?'
De Cock glimlachte.
'In het Wetboek van Strafrecht staan geen artikelen die liefdesspelletjes verbieden.'
'En dat moet zo blijven?'
De Cock knikte.

'Absoluut. Dat tintelende relatiespel tussen mannen en vrouwen is toch de basis van ons bestaan. Dat verbieden zou onmenselijk zijn.'

De grijze speurder keek zijn vrouw schuins aan.

'Had jij het willen missen?'

'Wat?'

'Dat tintelende relatiespel in onze jonge jaren?'

Mevrouw De Cock glimlachte ondeugend.

'Nee. Beslist niet.'

Ze schoof iets dichter naar haar man toe.

'Weet je wat mij heeft verbaasd?'

'Nou?'

'Dat vanavond niemand heeft gevraagd wat André van Giesbeek bij zich had gestoken toen hij naar de Kromme Waal ging voor de ontmoeting met Samuel Plasmans.'

'Wat denk je... een bedrag aan geld?'

Mevrouw De Cock schudde haar hoofd.

'Geen geld.'

'Wat dan?'

'Een tentharing.'

De Cock glimlachte.

'Je bent schrander.'

De volgende boeken van Baantjer zijn bij De Fontein verschenen:

1	1963	De Cock en een strop voor Bobby
2	1965	De Cock en de wurger op zondag
3	1965	De Cock en het lijk in de kerstnacht
4	1967	De Cock en de moord op Anna Bentveld
5	1967	De Cock en het sombere naakt
6	1968	De Cock en de dode harlekijn
7	1969	De Cock en de treurende kater
8	1970	De Cock en de ontgoochelde dode
9	1971	De Cock en de zorgvuldige moordenaar
10	1972	De Cock en de romance in moord
11	1972	De Cock en de stervende wandelaar
12	1973	De Cock en het lijk aan de kerkmuur
13	1974	De Cock en de dansende dood
14	1978	De Cock en de naakte juffer
15	1979	De Cock en de broeders van de zachte dood
16	1980	De Cock en het dodelijk akkoord
17	1981	De Cock en de moord in seance
18	1982	De Cock en de moord in extase
19	1982	De Cock en de smekende dood
20	1983	De Cock en de ganzen van de dood
21	1983	De Cock en de moord op melodie
22	1984	De Cock en de dood van een clown
23	1984	De Cock en een variant op moord
24	1985	De Cock en moord op termijn
25	1985	De Cock en moord op de Bloedberg
26	1986	De Cock en de dode minnaars
27	1987	De Cock en het masker van de dood
28	1987	De Cock en het lijk op retour
29	1988	De Cock en moord in brons
30	1988	De Cock en een dodelijke dreiging
31	1989	De Cock en moord eerste klasse
32	1989	De Cock en de bloedwraak
33	1990	De Cock en moord à la carte
34	1990	De Cock en moord in beeld
35	1991	De Cock en danse macabre
36	1991	De Cock en een duivels komplot
37	1992	De Cock en de ontluisterende dood
38	1992	De Cock en het duel in de nacht
39	1993	De Cock en de dood van een profeet
40	1993	De Cock en kogels voor een bruid
41	1994	De Cock en de dode meesters
42	1994	De Cock en de sluimerende dood
43	1995	De Cock en 't wassend kwaad
44	1995	De Cock en het roodzijden nachthemd
45	1996	De Cock en moord bij maanlicht
46	1996	De Cock en de geur van rottend hout
47	1997	De Cock en een dodelijk rendez-vous
48	1997	De Cock en tranen aan de Leie
49	1998	De Cock en het lijk op drift
50	1998	De Cock en de onsterfelijke dood
51	1999	De Cock en de dood in antiek
52	1999	De Cock en een deal met de duivel
53	2000	De Cock en dood door hamerslag
54	2000	De Cock en de dwaze maagden
55	2001	De Cock en de dode tempeliers
56	2001	De Cock en de blijde Bacchus
57	2002	De Cock en moord op bestelling
58	2002	De Cock en de dood van de Helende Meesters
59	2003	De Cock en moord in reclame
60	2003	De Cock en geen excuus voor moord
61	2004	De Cock en de gebrandmerkte doden
62	2004	De Cock en een veld papavers
63	2005	De Cock en de broeders van de haat
64	2005	De Cock en de dood van een kunstenaar
65	2006	De Cock en de dartele weduwe